花嫁は偽りの愛を捨てられない

ミシェル・スマート 作

久保奈緒実 訳

ハーレクイン・ロマンス

東京・ロンドン・トロント・パリ・ニューヨーク・アムステルダム
ハンブルク・ストックホルム・ミラノ・シドニー・マドリッド・ワルシャワ
ブダペスト・リオデジャネイロ・ルクセンブルク・フリブール・ムンバイ

INNOCENT'S WEDDING DAY WITH THE ITALIAN

by Michelle Smart

Published by Harlequin Japan, a Division of K.K. HarperCollins Japan, 2024

ミシェル・スマート

イギリス人作家。ぬいぐるみより本を抱いて寝るのが好きだったというほど、生まれながらにして本の虫だった。まだ少女のころ読んだおとぎばなしに、ロマンスの片鱗を感じていたという。「本はいつも胸をときめかせてくれます。まるで初恋のように」と語る彼女は、自分の書くロマンスが、読者の心にもそんなときめきを届けてくれることを願っている。

主要登場人物

レベッカ・エミリー・フォーリー……元小学校教師。
レイ・クラフリン……レベッカの祖父。故人。
エンツォ・アレッサンドロ・ベレーシ……レベッカの婚約者。
シルヴァーナ・ベレーシ……エンツォの母親。
フランク……エンツォの執事。

1

長いリムジンは広場で何十台ものカメラのフラッシュに迎えられた。婚約を発表して以来、レベッカ・フォーリーは疫病神のようにカメラを避けてきた。しかし世紀の結婚式が執り行われる今日に限っては、カメラを避けるのは無理だ。理由はイタリア最高の独身男性が結婚しようとしているからであり、レベッカこそ彼が生涯を誓う幸運な女性だったからだ。

運転手がリムジンのドアを開けるのを待つ間、レベッカは父親がいるはずだった空席に目をやった。父親のものであるべきだったこの一九六〇年代のクラシックカーは、彼女が大学に入学した年、ぼろぼろだったものを格安で手に入れた父親自慢の戦利品だった。家に帰るたび、父親は丹念に時間をかけて修理した経緯を誇らしげに語ったが、車をよみがえらせる前に亡くなった。イタリアへ引っ越すレベッカにとって、その車を倉庫に置いたままにしておくことは、生まれ育った家を離れるよりも大きな心残りだった。

胸を悲しみが貫き、レベッカは両手を拳にして奥歯を噛《か》みしめた。両親の死から四年がたつというのに、その感情は知らせを聞いてから続いた恐ろしい暗闇の日々と変わらなかった。今ほど両親にそばにいてほしいと思ったことはなかった。

ドアが開き、運転手が手を差し出す。

ドーム屋根の大聖堂の外には到着した花嫁を撮ろうとするパパラッチだけでなく、何百人もの親しい人たちが、エンツォが警察に金を払って作らせた非常線の後ろに並んでいた。大金を手にする者は普通の人々にはできないことができる。レベッカを乗せた豪奢《ごうしゃ》なリムジンが普段は車の進入が禁じられている公共の広場に入れたのは、エンツォの財力のおかげだった。

深呼吸をしたレベッカは背筋を伸ばし、ほほえみを浮かべて片足を前に出すと、ドレスの裾を踏んだりしませんようにと祈った。有名なフィレンツェの大聖堂に入ると、彼女を励ます声があがった。

この瞬間を長い間、夢見ていた。結婚式はそれぞれの分野に通じる専門家たちによって何カ月もかけて計画された。憧れのおとぎばなしに出てくるようなドレスに身を包んだ私を見たとき、エンツォはどんな表情をするかしら?

バージンロードの先で花嫁を見つめる花婿の表情は、レベッカの期待どおりだった。一歩近づくごとに、エンツォの表情はよりはっきりし、花婿自身の姿もまたはっきりと彼女の目に映った。

エンツォ・アレッサンドロ・ベレーシは独力で財をなした億万長者だ。男らしさの象徴のような百九十センチ近い筋肉質の体。意図的に乱れさせたダークブラウンの髪。つねに流行の最先端をいくしゃれた服装。成功者のエンツォは、女性も男性も憧れずにはいられない男性だった。気さくすぎるほど気さくな性格は人の心を引きつけ、いつも落ち着いていて道徳を重んじる姿勢は精力的な慈善活動にも表れている。

最初のデートの四週間後にプロポーズされてからの五カ月間、情熱的な時間を過ごしながらもレベッカはつねに自問していた。エンツォは世界でいちばん魅力的な女性だって手に入れられる男性なのに、なぜ二十四歳の小学校教師の私に目をとめたの?きっと誰でもよかったのだ。とはいえ、彼は私を選んだ。そして私はエンツォに夢中になり、海よりも深く恋に落ちた。

大聖堂の祭壇に近づくにつれ、レベッカのもっとも近い親戚である父親の姉が見えてきた。三日のうちに両親を立て続けに亡くしたレベッカの心を癒やすために、伯母は誰よりも姪《めい》の支えとなってくれた。伯母は通常、花嫁の母親が座る席に座っていた。

両親を失った苦しみがふくらみすぎて耐えられなくなる前に、レベッカは伯母を見るのをやめた。

彼女はエンツォのところにたどり着いた。

花婿はダークグレーのタキシードを信じられないほど魅力的な体にまとい、くすんだピンクのクラヴァットという装飾用のスカーフを首に巻いて、澄んだブラウンの瞳をきらきら輝かせていた。そして花婿なら誰もが口にする決まり文句を口にした。「きれいだよ」

エンツォはとてもすてきで、本当に心から花嫁を称賛しているように見えた。とてつもなく彫りの深い整った顔、厚みのある唇とまっすぐな鼻。彼がうっとりとした表情でレベッカの手を取り、自分のほうに引きよせた。

触れられただけでまだこんなにどきどきしてしまう自分に、レベッカはうんざりした。まったく自分を必要としていなかった男性を、いまだに求めているのが情けなかった。

〝新婚初夜をもって結婚を完了させたい〟というエンツォの言葉を私はしぶしぶ受け入れたけれど、そこにロマンティックな意味なんてなかったのだ。

すべては仕組まれたことだった。

この人は本当の意味では私を求めてはいなかった。ただ、私との結婚で自分にもたらされるものが欲しかったにすぎない。

少なくとも、〝なぜ私だったのか？〟という問いに対する答えは手に入ったわけだ。

二人は手をつないで司祭のほうを向いた。美しく着飾った裕福かつ権力を持った五百人の人々がいっせいに沈黙し、結婚式が始まった。

数カ月にわたる準備期間に、レベッカは式のほかの部分はどうでもいいから早く夫婦の誓いを立てたくなるはずだと想像していた。イタリア語の誓いの言葉は流暢《りゅうちょう》に言えるようになるまで練習した。もちろん、その言葉とは〝はい、誓います〟だ。短いとはいえ、完璧な発音で言いたかった。

今、レベッカは練習の成果を披露する場にいた。しかし気づけば、誓いを立てる瞬間がこないことを望んでいた。そのときが近づくにつれ、時間がたつのが速くなり、彼女の心臓もいっそう早鐘を打ちはじめた。

その瞬間がいよいよきた。

新郎新婦は向かい合い、手を取り合った。

司祭が口を開いた。「エンツォ・アレッサンドロ・ベレーシ、汝《なんじ》はレベッカ・エミリー・フォーリーを妻とすることを誓いますか？」

レベッカは気分が悪くなった。

エンツォが花嫁の目をじっと見つめ、なんのためらいもなく答えた。「はい、誓います」

次はレベッカの番だった。

「レベッカ・エミリー・フォーリー、汝はエンツォ・アレッサンドロ・ベレーシを――」

息を吸った彼女はエンツォの目をまっすぐに見つめると、できる限り力強い声で、大聖堂全体にはっきりと聞こえるように言った。「いいえ、誓いません」

まるで平手打ちでもされたかのように、エンツォの頭が後ろにのけぞった。褐色の顔が青ざめ、浮かんでいた笑みが曖昧になる。彼は口を開いたが、言葉はなにも出てこなかった。

レベッカが小包を開けてからも結婚式の準備を続けたのはこの瞬間を想像し、自分をさいなむ苦痛と屈辱を少しでも彼に味わわせたかったからだった。

ただ、期待していたほどの満足感は得られなかった。準備していた言葉も喉の奥につまったままだ。一秒もエンツォを見ることはできず、レベッカは彼の手を振りほどいた。そしてあっけに取られたまま静まり返っている人々を残し、バージンロードを引き返していった。

大聖堂からフィレンツェの暑い空気の中に足を踏み出したとき、レベッカは自分がしたことの重大さに気づいた。

数時間前――ヘアスタイリストが到着する数分前、レベッカの名前とスイートルームの番号、〝至急〟とはっきり書かれた匿名の小包がホテルに届けられたとき、それまでの幸せは粉々になった。そのときのことを思い出して、彼女はまた魂を引き裂かれるような苦しみを覚えた。

よろめきながら階段を下りていくと、結婚式が終わるのを待っていたパパラッチや記者、お祝いをしようと集まっていた人たちが、二十分早く一人で大聖堂をあとにしてきた花嫁を見て、いっせいに何事かとささやき合った。彼らが押しよせてくる前に、レベッカはシルクとレースのドレスの裾をたくしあげて広場を走り出した。心配そうな声には耳をふさぎ、幸せな新郎新婦を披露宴に運ぶために待機していたリムジンの横も、おおぜいの人でにぎわう古代の噴水の横も通り過ぎていく。行くあてがあったわけではなく、ただ自分の心を真っ二つにした男性からできるだけ遠くへ逃げたくてたまらなかった。石畳にハイヒールの踵《かかと》が引っかかり、子供のように思いきり転んでてのひらをつき、古代からある地面に顔をぶつけそうにならなかったら、靴の踵がすり減るまでどこまでも走っていたに違いない。

「シニョリーナ？」

次の瞬間、互いのヴェスパをほめ合っていた十代らしき若者たち三人が花嫁を助けに来た。

安物のアフターシェーブローションの匂いがする中、レベッカは立ちあがるのをやさしく助けられ、てのひらをすりむいていないか調べられ、二十万ユーロもするドレスのレースが裂けていると指摘された。彼女は流れる涙をぬぐいながらありがとうと言おうとしたけれど、まだ喉がつまっていて言葉が出てこなかった。それでも差し出されたたばこは、なんとか笑みを浮かべて断った。

私はそんなふうに見えているのかしら？　たばこを勧めるのが妥当な、苦しみ悩む女だと思われているの？

背後の遠くのほうで叫び声があがり、さらに叫び声が続いた。大聖堂の内外で人々が動き出したのだ。その声から、まわりの人々はレベッカが誰なのか気づいたらしい。これまでは彼女ではなく、おとぎばなしに出てくるような純白のウエディングドレスにばかり目を奪われていたのだろう。

レベッカはヴェスパの若者たちに一礼し、イタリア語が思いつかなかったので英語で頼んだ。「私を乗せていってくれない？」

若者の一人が表情を変えずにきいた。「どこへ行きたいんだい？」

彼女がエンツォの屋敷がある並木道の名前を言うと、三対の目が見開かれた。それもそのはず、そこはフィレンツェでも有数の高級住宅街だった。「お願いできる？」イタリア語でも懇願した。「ペル・ファボーレ？」

数を増やしながら自分たちのほうへ迫る人だかりと必死の形相の花嫁を見て、若者たちは行動を開始した。いつの間にかレベッカはヴェスパに乗り、ドレスのスカートを脚の間に挟んで、まだひげも生えていないような痩せた若者にしっかりとしがみついていた。ほかの仲間を連れて、花嫁を乗せたヴェスパは交通渋滞の中を疾走した。二十分もかからない距離だったが、彼らが道路交通法を無視し、前を横切ろうとする愚かな歩行者にクラクションを鳴らしたおかげで、街の喧噪《けんそう》はたちまち遠のいた。そして出発から十五分後には、エンツォが所有する屋敷のオートロックの門の前にたどり着いた。

レベッカはヴェスパから飛びおり、暗証番号を打ちこんで門を開けながら若者たちにまた頼んだ。

「空港にも連れていってくれない？　お金は払うわ」バッグには現金を用意していた。

屋根がテラコッタ製の巨大な白亜の建物を見て、彼女を乗せてきた若者は口をあんぐりと開けていた。その口をぱっと閉じてほほえむ。「わかったよ、シニョリーナ」

「五分で戻るわ」まだ血がにじむてのひらを掲げてから、レベッカは私道を走って玄関に向かった。ドアに到着する前にエンツォの超有能な執事フランクが、自分が暮らす離れから飛び出してきた。

「なにがあったのですか？」執事がけげんそうに英語で尋ねた。荷物とウエディングドレスとレベッカを乗せた車を見送り、彼女が独身最後の夜を過ごして幸せな結婚式になるよう祈ってからまだ二十四時間しかたっていなかった。

また泣き出しそうになりながら、レベッカは首を振った。

執事は心配そうな顔をしたまま、彼女のためにドアを開けてくれた。

中に入ったレベッカは時間を無駄にしなかった。白いハイヒールを蹴るように脱ぎ、豪華な応接室を通り抜け、東棟へと続くアーチをくぐり、テラコッタ製の廊下を走ってホームシアターへ向かう。そこの壁には一九五〇年代から六〇年代のハリウッド映画のポスターのオリジナル版が並んでいた。彼女は美しいブロンド女性が水着姿の二人の男性に挟まれたポスターに近づいていき、それをはがした。

エンツォが同じことをして金庫を見せてくれたとき、どれだけ笑ったかを思い出した。一週間前、彼はレベッカのパスポートを金庫に入れ、にやりとした。あのときは結婚式まで寝室は別々でも、ついに一つ屋根の下で暮らせるようになった幸せのほほえみだろうと思っていた。でも本当は違った。欲しかったものに一歩近づいたから、エンツォはほくそえんだのだ。彼が欲しかったのは私じゃなかった。一度も望まれたことなどなかったのだ。

目を閉じると、初めてエンツォと出会った五カ月前の記憶が映画の一場面のようによみがえった。

伯母の五十歳の誕生日を美しい田舎のホテルのランチで祝った日のことだ。三年半も悲しみに閉ざされていた心のように、外は寒く空は灰色だった。ランチを終えたレベッカは、車がパンクしているのに気づいてがっかりした。トランクからスペアのタイヤを出し、ホイールナットをはずそうと奮闘していたら、えくぼを浮かべたまばゆい笑顔と温かみのある澄んだブラウンの瞳が印象的なすてきな男性が、彼女の家よりも高価そうな車の後部座席から飛び出してきて、助けを申し出てくれた。遠慮しても動こうとしなかったその男性がエンツォだった。

そして明らかにレベッカの手持ちの服全部よりもお金がかかっていそうな暗褐色のロングコートと、スーツのジャケットを脱いで彼女に手渡した。どちらからもウッディな香水の香りがした。エンツォはシャツの袖をまくりあげ、冷たく湿った地面に膝をついて、タイヤを交換する間じゅうレベッカに話しつづけた。そのときの耳にしたことのない華やかで深みのあるベルベットのような声と、すばらしいイタリア語のアクセントは忘れられない。彼が作業を終えると、高級に違いないズボンとシャツが泥と油で汚れているのに気づいて、レベッカはとても申し訳なくなった。

〝お願いですから、クリーニング代の請求書は私に送ってください〟スーツのジャケットを返す間、寒さで歯を鳴らしながら言った。〝せめてそれくらいはさせてもらえませんか?〟

エンツォはジャケットに腕を通しながら目を輝かせた。〝それより暖炉があるホテルのバーで、熱い飲み物でも飲んで温まりませんか?〟

その言葉を聞いた喜びは今も体に残っている。

とっくに薬指に結婚指輪がないことは確認していたにもかかわらず、レベッカはエンツォの左手にもう一度視線をやり、彼のコートを渡した。〝あなたへのお礼はどうすればいいんですか?〟

〝待ち合わせしている同僚が遅れていて、これから一時間、僕は手持ち無沙汰なんです。あなたが相手をしてくれたら、退屈で死にそうになることもないと思うのですが〟

レベッカはエンツォのおどけた顔ににっこりした。彼の顔にえくぼがふたたび現れた。〝お願いします。一杯飲んでくれるだけでいいから〟

そう言われて、彼女はさらに大きな笑みを浮かべた。そんなことは三年半以上ぶりだった。〝一杯だけなら。お金は私に払わせてくださいね〟

彼が顔をしかめて舌を鳴らした。〝紳士は淑女に金を払わせないものなんだが〟

得意の教師らしい表情で、レベッカも眉をひそめた。〝あなたはまだ二十一世紀を迎えていないのかしら?〟

二人はおかしくなって同時に笑い出した。あのときのことも、私がエンツォに感じていたつながりも、最初から全部仕組まれていたのだ。私の車のタイヤがパンクしたのも彼の仕業だったに違いない。

金庫の緑色のランプが点灯し、レベッカは思い出にひたるのをやめた。特殊な金属製の扉が開く。

自分のパスポートがエンツォのパスポートの上に置いてあるのを見つけて、レベッカの胸は高鳴った。

またしても襲ってきた吐き気をこらえて自分のパスポートを取り、金庫の扉を閉めて廊下に戻る。それからいちばん近い階段を一段飛ばしで駆けあがり、初めて屋敷を訪れた日から使っている寝室へ急いだ。

時間はどれくらいあるかしら？　エンツォはどこにいるの？　ここへ戻ってきて私をさがそうとする？　それとも私が一泊した、披露宴が行われる予定だったホテルへ直行する？

レベッカはハンドバッグをつかむと、財布の横にパスポートを入れた。携帯電話はホテルに置いてあるのであきらめることにした。空港に行くのにじゅうぶんな現金は準備したし、家に帰れるだけのお金は銀行口座にある。

部屋を出ようとしたとき、姿見に映った自分の姿を見て、レベッカはくずおれそうになった。プロのメイクアップアーティストによって完璧な化粧が施されていた顔は、マスカラが流れてだいなしになっていた。大きなブラウンの瞳は赤く充血し、口は苦悩の嗚咽《おえつ》がもれないようにきつく引き結ばれている。ハニーブロンドの髪と破れたドレスは、まるで茂みを引きずられてきたかのようだ。

レベッカは悲鳴をあげそうになるのをこらえて、髪をまとめていたヘアクリップを取り、髪が肩に落ちる前に部屋をあとにした。

ひどいありさまのウエディングドレスのスカートをたくしあげ、階段まで走って戻って一階に下りながら、レベッカは空港の売店を頭に思い浮かべた。着替えはそこで買えばいい……。

悲鳴が口からもれ、彼女はつんのめるようにとまった。玄関に立つ男性が誰なのか、五感が察知していた。

屋敷の中を走りまわったせいですでに心臓は激し

く打っていたけれど、今は肋骨《ろっこつ》にぶつからんばかりになっていた。

そびえるように背が高いエンツォのいかめしい顎には力がこもっていた。日焼けした肌に色は戻っていたが、わざと無造作に乱した髪はすっかりくしゃくしゃになっている。大聖堂で力強い首を飾っていたくすんだピンクのクラヴァットは消え、白いシャツのいちばん上のボタンは開いていた。

「どいて」レベッカはどうにか声を出した。

エンツォが広い胸の上で腕を組んだ。

私は初めて本当のエンツォ・ベレーシを見ているのだと思って、彼女の傷ついた心にさらなるひびが入った。

「私はどいてと言ったのよ」

彼の組んだ腕が緊張し、筋肉が目に見えて盛りあがって、鼻孔が大きくふくらんだ。「断る」

うねるような怒りがこみあげ、レベッカはエンツォに近づいてドアから動かそうとした。「どいてちょうだい！」彼女は叫んだ。

しかしエンツォはあまりにも大きく、筋肉質で、たくましすぎた。ありえないほどの敏捷《びんしょう》さでレベッカの体をとらえて後ろを向かせ、片方の腕で固い胸にぴったりと引きよせると、彼女の腕を両方まとめてもう一方の手でつかんだ。

「やめてくれ」彼女が後ろに足を振って蹴ろうとすると、エンツォがうなった。

「放して！」

「おとなしくするか？」彼の熱い息がレベッカの髪にかかった。アクセントのあるビロードのような声は冷静になにを要求したいのかはっきりと伝えていた。「君は逃げられないぞ。ヴェスパの連中は追い払った」

「それならタクシーを拾うわ」

「そしてどこへ行く？　空港か？」

「家に帰りたいの」

「今いるじゃないか」

「いいえ」レベッカは首を振った。この美しい屋敷をエンツォとつくった子供でいっぱいにし、最高に幸せな生活を送る二人を想像していたことを思い出して、頬に涙がこぼれた。「ここは家じゃない」

「どうしてこんなことをした？」エンツォが彼女を抱きしめる腕の力をゆるめずに尋ねた。「教えてくれ、レベッカ。どうして式から逃げたんだ？」

「なぜだと思う？　もし私を放してくれないなら、フィレンツェじゅうに聞こえるような声で叫ぶから」

エンツォが背中を抱きよせたときと同じ機敏さで、またレベッカに向きを変えさせた。大きな手が彼女の肩をつかみ、怒りにゆがむ整った顔が花嫁を見おろした。「パスポートを持ってなんの説明も別れの挨拶もせず逃げるつもりだったくせに、自分ばかりが傷ついたふりをするのか？　世界じゅうが見ている前で僕に恥をかかせておいて？　君が行方をくらましたせいで、僕はヴェスパを盗んでここに戻らなければならなかった。なぜあんなことをしたのか教えてくれ。それくらいはしてくれてもいいだろう」

「言いたくない」レベッカは泣きながらエンツォの胸を押した。「わかってるんだから、なぜ私と結婚しようとしたのか。全部演技だったことも」

またしてもエンツォの顔から血の気が引いた。彼がよろめきながら背後のドアを手探りし、唾をのみこんでささやく。「レベッカ……」

「やめて！　嘘《うそ》は聞きたくない。私はなにもかも知ってるの。なにもかも。あなたは私を愛したこともなければ、欲しいと思ったこともない。あなたが欲しかったのは、私が受け継ぐ遺産だけなのよ」

2

エンツォが落ち着きを取り戻した。普段ならレベッカは感心していたはずだ。けれど愛を交わしたいと懇願する彼女を見たエンツォが、何度か自制心を失いそうになったときほどには感心できなかった。彼の息は熱く荒く、肌も熱をおび、感情が高ぶっているのがわかった。しかしいつものように、エンツォは感情を抑えつけた。鼻から深く長く息を吸って吐くと、目に浮かんでいた情熱の炎は消え去り、冷静な表情が戻ってきた。

エンツォがどうしてそんなふうに自分の感情をうまく操縦できるのか、その理由にレベッカは気づいた。彼を求めて私の全身がうずいている間、この人は理性を使ってなんなく体の反応を遮断していたのだ。私に対するエンツォの欲望は生理的なものにすぎなかった。私がどんなに魅力的だったとしても、結果は変わらなかったのだ。

背筋を伸ばし、エンツォがブラウンの瞳をレベッカに向けた。「どうしてわかった？」

彼女は涙を流しながら笑った。「それが最初にきくことなの？　気になるのはそれだけなのね？」

「重要なことだからきいているんだ」

「〝至急〟と書かれた小包が、ある女性からホテルのフロントに届けられたの。その女性が誰かは知らないし、どうでもいいわ」

彼の暗い顔にさまざまな感情が揺らめいた。「中身は君のお祖父《じい》さんの遺言状のコピーだったのか？」

レベッカのおなかの底から指の先、そして爪先まで怒りが駆けめぐった。

ある日の食事の席で、レベッカは生まれる前から疎遠だったために、母方の祖父母には会ったことがないのだと語ったことがあった。今になって彼女は、エンツォが軽く同情したあと、急に話題を変えたのを思い出した。あれは彼が私よりも私の過去に詳しかったからだったのだ。

なぜならエンツォは母方の祖父のビジネスパートナーであり、祖父が遺言執行人に任命するほど信頼していた人物だったからだ。

つまり、エンツォは私の両親のことも知っていたに違いない。レベッカが彼の胸に顔を寄せ、母が血液の癌《がん》で亡くなったわずか三日後に父が心臓発作で命を落としたせいで自分の世界が揺るがされたこと、その悲しみから立ち直れるとは思っていなかったことを打ち明けたとき、エンツォは彼女の背中を撫《な》でてなぐさめてくれた。あのときも彼は全部知っていたのだ。

「どうしてこんなことをしたの?」あまりに怒っていたレベッカは声に痛みがにじんでいるのに気づいて、新たな苦悩にさいなまれた。そんな声をエンツォに聞かれるなんて。「今までずっと、なにもかもが嘘《うそ》だった。私を愛していると言いながら、欲しいのは祖父の会社だけだったのね。もう私を解放して。あなたを見るのもつらいの」

エンツォの顔にはかけらも後悔が浮かんでいなかった。本当になに一つ変化していない。彼の自制心はそれほど強かった。「僕たちの結婚式に集まっていた報道陣を覚えているか? 連中はもう門の外にいる。今、出ていけばもみくちゃにされるぞ」

「私がどうなったとしても、あなたは気にしないでしょう」

「いや、気にする」

「嘘つき!」レベッカは叫び、ふたたび癇癪《かんしゃく》を起こしてハンドバッグを投げつけた。ハンドバッグは五十センチほどの十八世紀の大理石の彫像にぶつかった。台座から床へたたき落とされた彫像が、耳をつんざくほど甲高い音をたてて粉々になる。レベッカは屋敷の端から端まで歩きまわって、エンツォが大切にしていたあらゆるものを片っぱしから破壊し、彼が自分の心を打ち砕いたようにすべてを打ち砕きたかった。「私たちの間で交わされた言葉は全部嘘だった」

いかめしい顎に力をこめて、エンツォが首を振った。「違う」

「また嘘をつくのね！　私はあなたのためにすべてを投げ出した。全部嘘だったのに。なぜ私があなたに恥をかかせたのか、説明を求めたわね。これでわかったでしょう？　あなたとはもう一秒も一緒にいたくない。だからそこをどいて私を行かせて。二度と顔も見たくないわ」

さっきまで愛と希望に満ちていたブラウンの瞳が、今はなんの感情もなくレベッカを見つめ、そしてまぶたが下りた。喉が上下し、胸がゆっくりとふくらむさまは、まるで持っていない感情を作り出そうとしているかのようだ。エンツォは玄関のドアから離れると、大理石の彫像の破片を踏み越えてハンドバッグを拾いあげ、彼女に差し出した。

なにも言わずにハンドバッグを受け取り、レベッカはドアから外へ出た。

素足が大理石の階段に触れたとたん、照りつける太陽と一緒に音と光の不協和音が襲いかかってきた。私道の突きあたり、オートロック式の高い門の先では大聖堂の非常線の向こうにいた記者やパパラッチたちがひしめき合っていた。彼らはレベッカを見て大声で質問しはじめたが、頭上で旋回しているヘリコプターの音でよく聞こえなかった。

長い間彼らを見つめながら、レベッカはその場に立ちつくしていた。あの人たちに一つの文章を伝えるだけで、エンツォは破滅するだろう。彼の慈悲深く善良な一面は、その文章でめちゃくちゃになる。

〝彼は私から遺産を奪うために結婚しようとしていた〟

痛みと怒りの波がうねり、レベッカは背筋をしっかりと伸ばした。カメラのフラッシュが増す中、まばたきもほとんどせず、ゆっくりと門の外にいる人々に向かって歩いた。

〝彼は私から遺産を奪うために結婚しようとしていた〟

しかし途中で立ちどまった。

私はエンツォがしたことを知っている。なぜそんなことをしたのかも。ただし、どうやって遺産を奪うつもりだったのかは知らない。

くるりときびすを返し、レベッカは屋敷へ戻った。

応接室には誰もいなかった。大理石の彫像の残骸を注意深く避けながら、レベッカは吹き抜けになった居間へ行き、その奥のホームバーでエンツォを見つけた。そこからは将来生まれてくる子供たちが遊ぶところを想像していた、手入れの行き届いた広大な敷地が見渡せた。彼はこちらに背を向けたまま酒を注いでいる。

向きを変えて立ち去りたい衝動に強く駆られたものの、レベッカは踏みとどまった。彼女には答えを聞く資格があった。どうしても答えを知りたかった。

「気が変わったわ」

言葉は広々とした部屋に響き、電流のような衝撃をエンツォに与えたようだ。

「出ていく気ではいるけど、そうする前に教えてほしいことがあるの」冷たい声で告げる。「着替えて荷物をまとめてくるわ。その間にあなたは私にジントニックを作って、迎えの車を用意しておいて。私が戻ってきたら一緒に最後の一杯を飲んで、私のなにがそんなにいけなくて、あんな残酷な扱いを受けなくてはならなかったのか説明して」

片方の肩をすくめた以外、エンツォはレベッカのよそよそしい言葉に応えなかった。こちらを振り向くこともない。頬を伝う涙を見られなかったのだから、喜ぶべきだ。涙をぬぐい、レベッカは自室に戻った。

今日、ウエディングドレスを着るには三人の女性と一時間以上の時間が必要だった。しかしレベッカははさみを使って、数秒でドレスから自由になった。そして下着を取り、姿見の前に立った。

私の体のどこがエンツォに一線を越えさせなかったの？ レベッカはみじめに思った。エンツォにバージンだと告げたのは、三回目のデートの終わりだった。そのとき、彼はレベッカをロンドンのアパートメントに招待していた。彼はとても洗練されていて、品がよく、すてきだった。彼女はその時点ですでにエンツォに夢中だった。だから招待を受けたときは、生まれて初めて無数の蝶《ちょう》が胃の中ではばたいているような緊張を覚えていた。専用エレベーターでペントハウスへ行く間に、緊張はさらに増した。そして想像をはるかに超える豪華な部屋へ入り、エンツォがレベッカを壁に押しつけて欲望のこもった熱烈なキスを始めたとき、バージンだとあとで言うつもりだったのに、彼女は奔放な気持ちに後押しされて思わず口走ってしまった。

彼は即座に引きさがった。

その日は〝バージンなら関係をゆっくり進めたほうがいい〟というエンツォの言葉を額面どおりに受け取った。レベッカがプロポーズを承諾したあとは、彼は新婚初夜を二人の人生でもっとも特別な夜にしたいと言い訳した。二度目の理由も額面どおりに受け取った彼女は、ロマンティックな考え方に胸をときめかせた。同時にエンツォにきっぱりと拒絶されて、あせる気持ちがどんどんつのった。

〝待っている人にはいいことがあるんだよ、かわいい人《カーラ》〟エンツォは心をとろかすセクシーなウインクをして言ったものだ。これまでつき合ってきたほかの女性たちに待つ必要を感じなかったのはなぜかとレベッカが問うと、彼はさらりとこう答えた。〝君に対する気持ちに比べれば、彼女たちへの気持ちは取るに足りないものだったからだ〟

今朝、エンツォとの結婚に胸を躍らせながら目覚めたときは、ついに今夜、二人は愛を交わすのだと期待に胸をふくらませていた。もちろん小包が届き、心が粉々に砕け散る前のことだ。

エンツォは私の純潔を、ベッドに誘わない口実にしていた。レベッカは鏡に映る自分の裸身と化粧を落とした顔をじっくり見て、彼はなにがそこまでいやだったのだろうと考えた。自分が痩せているのはわかっている。胸が小さいのもどうしようもない。どちらも母から受け継いだ体の特徴だ。エンツォは私の胸を見たわけじゃない。でも、魅力のなさを感じ取っていたのかしら？　私のトップスの下に入れていた手を引っこめる前、彼は忘れずにうなり声さえあげた。その手は私の腰より下を撫でたことがなかった。背中の下までなぞられたことはあるけれど。

エンツォはどんなにいやでも私のバージンを奪い、結婚するつもりでいたのだろう。だからあんなに結婚を急いだのだ。婚約を破棄されるリスクを避けるために。

とはいえ、早く結婚したくてたまらなかったようすさえ、嘘だったのだ。いちばん許せない嘘かもしれない。

自分を見つめていられなくなったレベッカは、シャワーの下に立って湯を全身に浴びた。そして必死に、今日一日の記憶とエンツォの嘘を一つ残らず洗い流そうと努力した。

体をふいたレベッカは、色あせたジーンズと七分袖のゆったりとした黒のVネックのトップスに身を包んだ。フィレンツェを初めて訪れたときにエンツォが買ってくれたキャリーケースに、つめこめるだけ服をつめこんで部屋を出る。着替え室のブランド物の服には手をつけず、彼が買ってくれた香水や婚約指輪はテーブルに置いてきた。

本能のままに逃げ出すのではなく、落ち着いて行動できている自分がうれしかった。このほうがすっきりする。エンツォに釈明してもらったら、頭を高く上げて毅然《きぜん》と去っていこう。

そして、残りの人生をかけて傷ついた心を癒やそう。

彫像の破片はすでにきれいに片づけられていた。レベッカは玄関の脇にキャリーケースを置いた。窓の外にはスモークガラスの大きな黒い車がとまっている。あれが私が乗る車に違いない。

ショートブーツをキャリーケースの横に並べ、足早に居間へ戻った。

小さなガラスの円テーブルの上にはジントニックがあったけれど、エンツォの姿はない。

レベッカは深呼吸をしてジントニックを飲み、お気に入りのふかふかの円椅子に座って体をまるめた。

しかし懸命に取り戻した落ち着きも、エンツォが現れると砕け散りそうになった。

髪の湿った感じから、彼もまたシャワーを浴びたようだった。結婚式で着ていたタキシードは色あせたジーンズとVネックの黒のTシャツに替わっている。レベッカ同様、足にはなにもはいていない。

一日前なら二人がお互いをまねたような服装をしていることに、胸が高鳴ったに違いない。けれど今は胃がきりきりと痛くなった。

手の震えをとめようとグラスを強く握りしめ、レベッカはもうひと口ジントニックを飲んだ。どうしてエンツォは私の好みのジントニックを、氷の数まで正確に把握しているの？

エンツォの記憶力のよさを忘れているわよ、と彼女は自分に言い聞かせた。三十三歳で億万長者になる人は、とびきり記憶力がよくなければならないはずだ。しかも彼は途方もなく頭も切れる。単なる賢さとはまったく違う聡明《そうめい》さがあるのだ。その二つはあの寒い冬の日、ホテルのバーで初めて本格的な会話を交わしたときから、レベッカを魅了した。暖炉の火のぱちぱちという音まではっきりと覚えているくらいだ。

普段、知らない人に打ち解けるには時間がかかるのに、エンツォの気さくで社交的な人柄とビロードのように美しい声には、これまでに感じたことのない安らぎを覚えた。彼の話なら何時間でも聞いていられそうだった。エンツォが〝また会えるかな？〟ときいたときは、ずっと不安な気持ちで過ごしていたことに気づいた。彼にそう尋ねられて胸の中で太陽が輝き、喜びと安堵《あんど》が花開いた瞬間は忘れられない。

しかし最初の出会いから、疑問がしつこく頭にこびりついていた。なぜ私なの？　こんなに世慣れていて知的で、上品で、かっこいいお金持ちで、ホテルのバーにいる女性全員からちらちら見られつづけていた男性が、どうしてまた私に会いたがるの？

心の奥底ではありえないとわかっていた。数カ月前のあの日、信じられないくらいうるさかった頭の中の声に耳を傾けてさえいれば――。

エンツォがレベッカのグラスを顎で指した。

彼女はうなずき、ジントニックを飲みほすと、グラスをテーブルに置いて押しやった。

エンツォが近づいてきたので、シャワーを浴びたばかりの彼のすがすがしい香りが漂ってきた。この五カ月間、同じ香りをかぐたび、私はエンツォに身を投げ出したくなった。屋敷へ引っ越してきて以来、誘惑に耐えることが日常茶飯事になったけれど、今は違う。

二人分の飲み物を作ってから、エンツォがジントニックのほうをテーブルに置いてレベッカのほうへ押しやった。それから彼女にいちばん近い二人掛けのソファの端に座り、スコッチをひと口飲んで、タンブラーと半分ほど残ったウイスキーのボトルを横のガラステーブルに置いた。

ほんの四日前、子供ができたら居間のそのテーブルを替えなければならないと笑いながら話したときのことを、レベッカは思い出した。ガラステーブルと小さな子供という組み合わせはよくないからだ。エンツォは笑い、それからなにかが気になるというように顔をそむけた。二人の将来を考えるときの彼の妙な癖に慣れていたレベッカは、それ以上なにも思わなかったけれど、今は真実を知っていた。エンツォは顔をそむけることで、嘲笑がもれるのをごまかそうとしていたのだ。

レベッカは深く息を吸い、彼が両手を組み合わせて膝の上に置くのを見た。

ゆっくりと深呼吸をし、エンツォが彼女を見つめて話し出した。「レベッカ、君にとって信じるのがむずかしいのはわかる。だが、君への気持ちに嘘をついたことは一度もない」

「よけいなことは言わないで」彼女は一蹴した。「私はあなたとは結婚しない。祖父の会社の株はあなたのものにはならないわよ」

「株なんてどうでもいい」

あからさまな嘘にレベッカは心から笑い、たじろいだエンツォを見てさらに笑った。「息をするのと同じくらい自然に嘘をつくのね。なにも言わなくていいわ」彼が口を開いたのでつけ加える。「それも嘘に決まっているから」

「レベッカ……」

「私の名前を呼ぶのもやめて。汚らわしい」彼女をレベッカと呼ぶのはエンツォだけだった。両親にはベックスと呼ばれていたし、親戚や友人、同僚、知り合いはベッキーだ。エンツォ以外の人はみんな名前を短くしていたから、彼が正式な名前を口にするのが大好きだった。そのことが今ははかり知れないほどつらい。

エンツォの唇が一直線に結ばれ、顎に力がこもった。

この十年間、こんなふうにエンツォを難詰した人はいなかったに違いない。もしかしたら、そのせいで彼は良心を持たないろくでなしになったのかもしれない。でも小学校の教師に手を出すなら、もっと考えておくべきだった。生徒たちの大半は身長が百五十センチ程度しかなく、靴紐《くつひも》を自分で結べない子も多い。それでも、私たちは嘘つきの扱いには長《た》けている。

レベッカはジントニックのグラスに手を伸ばし、脚を組んでエンツォに向き合った。無理をして彼を冷静に見ようとする。

「こうしましょう」最高に教師らしい声で告げた。「私が質問したら、あなたははっきりと簡潔に答える。事実をね。自分を正当化しようとはしないで。答える前に考えたりしたら、嘘をついているとみなすわ。愛の言葉なんていらないし、株をどうするつもりなのかともきかないで。でも、どうすれば祖父の会社を終わりにできるか私が考えていることは忘れないでちょうだい」

シャワーを浴びていたとき、自分には反撃の手段があるのにレベッカは気づいた。今夜零時になれば私は二十五歳になり、祖父の会社の半分を受け継ぐ。つまり、私の武器は〈クラフリン・ダイヤモンド〉

だ。エンツォの望みが祖父の会社を自分のものにすることなのは火を見るより明らかだった。複数の会社を所有し、さまざまな企業に投資するだけでは彼は満足できないらしい。エンツォを一躍有名にしたのは、チェーン展開している〈ベレーシ・ジュエリー〉だ。倫理に基づいて取り引きされたダイヤモンドを使って作られる一点物の精巧なジュエリーは、富豪や有名人から熱狂的に支持されている。エンツォに投資した人々や顧客たちが、遺産欲しさに結婚しようとした彼の行動をどう思うか、ぜひきいてみたい。

「一つ忠告しておくわね。これ以上、私の怒りの火に油をそそがないで。あなたに望むのは正直でいることだけ――」レベッカはそこで言葉につまりそうになった。「そんなことができるなら、だけど」

3

レベッカが壊した彫像と同じ大理石から作られたのではないかと思うほど硬い表情で、エンツォはゆっくりと整った顔を傾けた。「どこから始めようか？」

なにをされたから私は心を奪われて、あなたのおもちゃになったのか教えてほしい。本当にひどい人。彼女は叫びたかった。

しかし実際は叫ばず、感情を表に出さなかった。これ以上はだめだ。必要な答えが得られるまでは冷静な表情を保ちつづけ、それからエンツォの人生から永久に立ち去ろう。

「初めからお願い。いつから祖父とビジネスを始めたの？」

「十三年前だ」

レベッカは驚いてまばたきをした。二人のビジネスのつながりは、想像していたよりもずっと前から続いていたのだ。「どうしてそういうことになったの？」

「宝飾店の経営を始めたころ、いろいろ勉強になったと話したのを覚えているか？」

彼女は二回目のデートを思い出した。自分の店は始まってすぐ終わるところだったと、エンツォは自虐的に笑いながら説明していた。

「世間知らずだった僕はすぐに成功すると思っていたが、大手と競争するためにはほかとは違うセールスポイントが必要だった」

「それが人工ダイヤモンドだったのね」レベッカは小声で言った。世間では倫理的な商品を求める動きが高まっているから、人の手で造られたダイヤモンドなら活路を見いだせるとエンツォは考えたのだ。

「そうだ」彼が力強く同意した。「君のお祖父《じい》さんは先見の明があり、僕よりもずっと前から人工ダイヤモンドで成功できることを見抜いて、多額の投資をしていた。しかし時代の先をいきすぎたせいで、僕と知り合ったときはひどい財政難に陥っていたんだ」

その瞬間、レベッカは理解した。エンツォの店〈ベレーシ・ジュエリー〉を有名にしたジュエリーに使われるダイヤモンドは、特殊な装置と高い技術によって天然に産出するものと見分けがつかないほど純度が高かった。

「それで〈クラフリン・ダイヤモンド〉に投資したの？」

「ああ、株の五十パーセントを買った」

頭を働かせ、レベッカは目を細くした。「どこにそんなお金があったの？　二十五歳になるまで大成功できなかったと言ったのが嘘《うそ》でなければ、当時はまだ二十歳だったはずよ」

「嘘はついていない」エンツォが落ち着いた声で言った。「人工ダイヤモンドは僕の成功に大きな役割を果たした。いちばん大きな役割と言ってもいい。ある著名な企業が、お祖父さんの会社をそっくり買い取りたいと持ちかけてきたことがある。もしその申し出に応じれば、お祖父さんの借金はすべて清算され、残りの人生を楽に暮らせるだけの現金が手元に残るはずだった。だが彼はその申し出を蹴り、僕を信頼して株を安く売ってくれたんだ。債権者から逃れるにはじゅうぶんな額だったが、手元に現金は残らなかった。僕は父の遺産で半分を支払い、残りは分割にしてもらった」

レベッカはエンツォから父親の話を聞いても心を動かされなかった。エンツォが六歳のときに脳動《どう》脈瘤《みゃくりゅう》により二十九歳の若さで亡くなった彼の父親は、息子が十八歳になったら受け取れる保険証券を遺《のこ》していた。エンツォはその遺産を自分の最初の店の家賃と資本金に使ったと話していた。遺産を全額最初の店に注《つ》ぎこんだと言っていたのも嘘だったらしい。

「あなたは〈クラフリン・ダイヤモンド〉のすべてを自分のものにしようとしているのね」

レベッカの言葉に軽蔑がこもっていても、エンツォはなんの反応もしなかった。「〈クラフリン・ダイヤモンド〉を始めたのはお祖父さんだが、あれは僕たち二人のものだ。僕たちは協力して現在の〈クラフリン・ダイヤモンド〉を作りあげ、報酬を得てきた。僕なしではお祖父さんは破産し、〈ベレーシ・ジュエリー〉も消えていただろう。それにお祖父さんは自分が亡くなったら――というか自分の死期を悟って、所有する株を僕に相続させようとしていたんだ」

レベッカの心が揺れた。「祖父は死期を悟っていたの？」

エンツォがゆっくりと肩をすくめた。「そうだ。昨年の十月にステージ4の膵臓癌《すいぞうがん》と診断されたときにね。僕たちは二人ともショックを受けた。パートナーだった十三年間、お祖父さんはずっと健康そのものだった。六十八歳だったが、癌にかかるまでは僕と同じくらい気力も体力もあったよ」

その言葉を聞いてなぜ胸が締めつけられたのか、レベッカには説明できなかった。祖父が考える格下の男と結婚したため、母が勘当されていたせいで、レベッカはレイ・クラフリンに一度も会ったことがなかった。祖父が初めてレベッカに連絡してきたのは、両親が亡くなった数週間後だった。手紙には二人を悼む言葉とともにレベッカに会いたいとつづられていた。そのときは〝ありがたい申し出ですが、遠慮します〟と返事を書いた。しかしそれからも、祖父は誕生日やクリスマスになるとカードと小切手を送ってきた。彼女はどちらも送り返した。小切手の現金化を想像するだけで気分が悪くなった。

なぜ閉じた目から涙がこぼれるのかわからないまま、レベッカは無理やり話を本当に大事なことに戻した。「いいわ、祖父はあなたに株の譲渡を約束した。だけどそうする代わりに、あなたが株を手に入れるためには私と結婚しなければならないという条件をつけたのよ」

だから、すべては真っ赤な嘘だったのだ。

祖父の遺言状では、エンツォはレベッカと結婚した場合にのみ株を手に入れられることになっていた。しかしもしレベッカが二十五歳になる前に結婚できなければ、〈クラフリン・ダイヤモンド〉の株の半分は自動的に彼女の手に渡る。

レベッカは五時間後に二十五歳になる予定だった。

「祖父が遺言状に書いたその条件は、道理にはずれている」彼女は沈黙を破った。「そんな条件を認めた判事がいるのが信じられないわ」

エンツォが不機嫌そうにスコッチを飲みほした。

「もし僕が争えば、訴訟は何年も長引いただろう。管轄も違うし、勝てる保証もなかった」

レベッカは肩をすくめた。「私の誕生日を待って、株を買い取ることもできたでしょう。長い間待つ必要はないし、私が祖父のビジネスにかかわりたくないこともわかっていたはずだわ。私は小学校の教師なんだから！」教師だった、と彼女は心の中で訂正した。仕事は九日前に辞めていた。

そのときは、エンツォが自分を妻にするのを待ちきれないから学年末の前に辞めるよう言ったのだ、と信じていた。本当は私の誕生日がくるからだったのに。

話し出してから初めて、エンツォの途方もなく端整な顔に怒りがひらめいた。「僕がこの道を選ぶ前に、あらゆる可能性を検討しなかったと思うか？」

「でも、極端な道だわ。私に正直に説明しようとは考えなかったのね？」

「三十秒くらいは考えたかもな」

「ずいぶん長いわね」彼女は皮肉を言った。

「君がどういう反応をするのか、まったくわからなかった。〈クラフリン・ダイヤモンド〉がなければ〈ベレーシ・ジュエリー〉は成り立たない。僕は小さな子供を教えることを生業《なりわい》とし、ビジネスについてなにも知らない人相手に、経営権を奪われるリスクを冒すつもりはなかった。僕が協力していなければ、レイの今の成功はない。たぶん亡くなったときも、いちばん粗末な棺桶《かんおけ》に入れられていただろうな」

「あなたは葬儀に行ったの？　私は今朝まで、祖父が亡くなっていたことさえ知らなかったのよ」祖父の死を知ってなぜ心が揺らいでいるのか、レベッカはわからなかった。レイ・クラフリンは害悪でしかない名前だったからだ。

「レイは生前、自分で葬儀の準備をしていた」エンツォが硬い声で言った。「そして僕に対して、人に病状を話したり死を知らせたりすることを禁じていた。喪主である僕しか葬儀にいなかったのも、彼が誰にも参列してほしがらなかったせいだよ。最期まで厄介極まりない男だった」

「どれだけ厄介だったか想像できるわ」レベッカには、恋に落ちたというだけで母を勘当した祖父が理解できなかった。

自分が遺産の話から脱線していることに気づき、彼女はエンツォのほうを向いて無理に厳しい表情を作った。

「祖父が亡くなったとき、なぜ相続のことを私に言わなかったの？　あなたは遺言執行人だったんでしょう？」


両親の遺言執行人を務めた経験があったため、レベッカはその役割についてよく知っていた。几帳《きちょう》面《めん》な性格だったし、することがあったほうが息苦しくなるほどの悲しみをつかの間忘れられた。

でもふたたびきちんと息ができるようになったのは、背が高くすてきな黒髪のイタリア人男性が突然現れてからだった。

わきあがってきた動揺を懸命に抑えつけて、レベッカはつけ加えた。「相続する財産があると私に伝える義務が、あなたにはあったでしょう」

会社の株は遺産の一部にすぎず、レベッカには祖父の遺産のすべてが譲られていた。株を除いた祖父の遺産にどれほどの価値があるのかはわからなかったけれど、関心はなかった。祖父からはなにも欲しくなかった――〈クラフリン・ダイヤモンド〉の株は別として。レベッカはエンツォの目的であるその遺産だけは欲しくてたまらない自分に気づいた。

「遺言状の検認申し立てをしてから三カ月以内に、君に報告する義務はあった。申し立てをしたのは二週間前だ」

「なのに、私にずっと報告しなかったの？」

「ああ」

「きっと遺言状を破棄したくてたまらなかったんでしょうね」

　エンツォがぎこちなくほほえんだ。「そうしようとしてもうまくはいかなかっただろうな。法的に有効な遺言状がなければイギリスの遺留分の法律が適用され、もっとも近い親族である君がレイの会社の株を含めたすべてを相続しただろう。彼が株を僕に譲ると約束した証拠はないんだ。ただ、譲りたいと僕に言っただけで」

「祖父の約束には紙切れ一枚分の価値もなかったのね」レベッカは話を端的にまとめた。

「そのとおり《エザッタメンテ》」

「でも遺言状を破棄すれば株を手に入れるチャンスも失うと知らなかったら、シュレッダーにかけていたでしょう？」

「言っただろう、僕はあらゆる可能性を吟味したと」

　彼女は穏やかにほほえんだ。「祖父はあなたを〝鰊《にしん》のように縫い合わせた〟のよ」

　エンツォが困惑して額にしわを寄せた。

　レベッカは前かがみになり、さらに明るい笑みを浮かべた。「〝鰊のように縫い合わせた〟という慣用句の意味はね、人をだますという意味なの。祖父は株を譲ると約束しながら、期限つきのありえない条件を設けた」エンツォはもう少しでそのありえない条件を達成するところだったけれど。「私と結婚できなければ株は私の手に渡り、あなたは損をする。さらに祖父はあなたを遺言執行人に任命しているから、失敗したと痛感しつつ株の名義変更をしなければならない」

エンツォが小さく、しかしはっきりとうなずいた。

もし自分が二人の大富豪の間で行われる奇天烈《きてれつ》なゲームの駒でなかったら、私はエンツォに対する祖父の卑怯《ひきょう》ないかさまを笑っていたに違いない。当然、祖父もおもしろいと思っていたはずだ。そうでなければ、なぜエンツォにそんないたずらを仕掛ける？「祖父のユーモアのセンスってゆがんでいたのね」

「生前、彼がユーモアを発揮するところなど見たことがないが」

「祖父とは親しかったの？」

嘘をついていないかエンツォを注意深く見守っていたレベッカは、彼の顔になんらかの感情がよぎったのに気づいた。「ああ」

「だから祖父はあなたをだましたの？ひどいわね」本当に笑える話だ。私がまだ動揺していなかったら、おなかをかかえて笑っていたに違いない。

整った顔をこわばらせて、エンツォが自分のグラスにさらにウイスキーを注いだ。

ほほえんだまま、レベッカはジントニックをひと口飲んで目をそらした。あれほど情熱的なキスをしてくれた肉厚の唇がクリスタルのタンブラーに触れ、唇でたどるのが大好きだった力強い褐色の喉がアルコールを飲み下す動きを見たくなかった。

エンツォを見ても平気な状態になってから、彼女は口を開いた。「つまり、あなたが私との結婚に失敗した以上、真夜中になればあなたの成功に大きな役割を果たし、本業の重要な構成部分である〈クラフリン・ダイヤモンド〉の半分が私のものになるのね」

彼が疲れたように頭をさすりながらもう一度うなずいた。故人の財産をレベッカに現金化して渡すか、彼女の名義に変更するのが遺言執行人の義務だった。

「すばらしいわ《エクセレンテ》」彼女はいちばんうまく発音できるイタリア語で言った。椅子に座ったまま、最高の笑顔になる。「事情はよくわかった。それならここで夜中まで待って、あなたが私に直接株を渡してくれるのを楽しみにしてもいい？」

　レベッカを見つめるのをやめはしなかったものの、エンツォは話し出して以来初めてすぐに返事をしなかった。

「私に株を渡さない方法を考えるのはやめてね」彼女は甘い声で言った。「あなたに会ってから学んだことがあるとすれば、メディアは猟犬と同じだってこと。私たちが二人ともいなくなるか、必要な写真を撮るか、私たちのどちらかが——まあ、私でしょうけど、外に出て慈悲深く博愛主義で知られるエンツォ・ベレーシが教師と結婚しようとした理由を話すまで、彼らは屋敷の外から動かないでしょうね」

　メディアの熱狂ぶりを、レベッカはそう解釈していた。自分がエンツォの婚約相手だから、世界じゅうのメディアがこぞって取りあげるのだと。ヨーロッパでもっとも裕福で魅力的な独身男性が、しがない小学校教師と恋に落ちたと知って彼らは色めきたっているのだ。エンツォがレベッカをメディアから守るために金を使い、彼女に近づかないよう裁判所に命じさせたのも無理はない。レベッカはエンツォが守ってくれているのだと信じていたけれど、あれもレイ・クラフリンと彼女のつながりが知られるのを防ぐためだったのだ。つまりこれも嘘だった。

　自分の体を隅々まで撫《な》でるところを想像していたエンツォの長い指が、クリスタルのタンブラーを握りしめた。澄んだブラウンの瞳がレベッカの瞳と合ったとき、そこには後悔があふれていた。「本当にすまなかった。君には伝わらないかもしれないが、謝らせてほしい」

　レベッカは手を振った。「言うのは簡単だわ」

彼の声に鋭い響きがこもった。「話を始めてから、僕が嘘をついていると思うことがあったか？」

「エンツォ、知り合ってから半年、あなたが私に言った言葉は全部嘘だったのよ。ピノキオも顔負けなくらい、あなたって嘘がうまいのね」

「君への気持ちに嘘をついたことは一度もない」

祖父の卑劣な条件を愉快だと思っていた気持ちが一瞬で消えた。「もう一回同じことを言ったら、私が受け取る遺産をすぐさま犬の保護団体に寄付するから」

はったりなどではなかった。もはやエンツォのビロードのような声に宿る偽りの誠意には耐えられなかった。彼を信じたくてたまらなくなるからだ。すっかりエンツォにだまされていたと何度思い知れば、私の体は婚約者を意識するのをやめるの？

「真夜中よ」レベッカはつけ加えた。「真夜中までに株を私の名義にしてちょうだい」

彼の視線は揺るぎもしなかった。「無理だ」

「あなたはエンツォ・ベレーシでしょう。無理なことなんてないはずだわ」彼は授業が終わった私をモナコへ連れていくために、学校のグラウンドにヘリコプターを着陸させた。それに見たいと言ったら、完売だったはずの超人気ブロードウェイ・ミュージカルの初日に最高の席を用意してくれた。舞台の前には、向こう三年間は予約でいっぱいなことで有名なニューヨークの最高級レストランの予約もしていた。気になる新しいスポーツカーがあれば、電話一本で翌朝までにドイツからフィレンツェへ届けさせたことだってあった。

「名義変更はできない」エンツォが反論した。「そうするには一日かかる。もっとかかってもおかしくない。明日は日曜日だから」

「いいえ、真夜中までには書き換えてちょうだい」

「レベッカ、一日かかると言っただろう」

彼女の胸に痛みが走った。「私の名前を呼ばないでと言ったはずよ」

「じゃあ、どう呼べばいいんだ?」エンツォの声には怒りがにじんでいた。知り合ってから彼の機嫌が悪かったところなど見たことがなかった。いつもつけていた魅力的で非の打ちどころのない仮面を、エンツォがもはやつけていられなくなったのがレベッカはうれしかった。レベッカを駒にして行ってきたゲームの負けを、彼が実感していることを意味するからだ。

この人がなにを感じていたとしても、私が受けた苦痛のかけらにも及ばないけれど。

「生徒たちと同じようにミス・フォーリーと呼んで」レベッカは腕時計を見た。午後八時前だと気づいて、時間の流れの速さに驚いた。「では明日の午前八時までは待つわ。それが私の最大の譲歩よ」

「八時までには無理だ。午後三時にしてくれ」

「いいえ、十二時が限界だわ」

「では一時だ。明日の午後一時までには株を君名義にする」

レベッカはきつく自分の体に両腕をまわした。結婚式の日取りを決めたときは、彼が早く結婚したがっているのだと信じていたのに。そんなことを思い出してつらくなった。

しかし、本当の意味では信じていなかったのかもしれない。エンツォ・ベレーシのような世慣れていて華やかな男性にとって、自分はあまりにも地味で平凡な存在だと頭の中の声はいつも警告していた。

「わかった、午後一時まで待つわ。ここで」エンツォを信用できないという理由もあったけれど、レベッカは一緒にいることで彼を苦しめるつもりだった。エンツォに敗北を思い知らせ、汚い手まで使って手に入れたかったものを持ってスキップしながら去っていく自分を見せつけたかった。

うなずく前、エンツォの顔にまた感情がよぎるのが見えた。

「もし一分でも遅れたら……」レベッカはほほえんだ。「外に出て、なにもかもメディアに暴露するから」

祖父の会社の株が自分のものになるまで、屋敷にとどまってエンツォを苦しめようと決心してから一時間後、レベッカは猛烈な後悔に襲われた。

ちっぽけでつまらない力の誇示に没頭していたせいで、必死に逃げ出そうとした理由も忘れていた。

株の名義を変更する期限を決めると、エンツォはすぐさま姿を消した。それ以来、彼女はプロポーズされた部屋で壁を見つめていた。

この屋敷に引っ越してきたのは一週間前、ここを訪れるのはそれが六回目だった。エンツォが我が家と呼ぶ屋敷の第一印象は覚えていない。プライベートジェットでフィレンツェに来たことに唖然《あぜん》とし、建物の大きさと贅沢《ぜいたく》さに驚きすぎてなにも考えられなかったのだ。エンツォがお金持ちだとは知っていたけれど、どの程度かまでは知らなかった。引っ越してきた翌日の夜、彼は私にプロポーズして――。

髪を強く引っぱって手を離すと、指の間に髪が何本も残っていた。プロポーズのことなど考えたくなかった。なにを言われたのかわからなくて三回もき返したことも思い出したくなかった。

〝どうして？〟彼女はもごもごと尋ねた。

その言葉は二人の関係のすべてを物語っていた。

〝君がいない人生なんて想像できないからだ〟エンツォが誠実にしか見えない顔で答えた。

婚約が決まるとレベッカは理解するのをあきらめ、代わりに想像をふくらませた。ガラスと大理石がふんだんに使われたこの堂々とした屋敷は、子供たちがおしゃべりしたり、髪を引っぱったり、お互いを引っかいたり、噛《か》んだり、抱きしめたり、くすくす笑い合ったり、いたずらしたりする場所になると徐々に思えるようになった。二人はロンドンのペントハウスにもよく訪れた。ニューヨークではタイムズスクエアを見おろせるアパートメントで週末じゅう過ごしたこともあった。

たくさんの思い出と打ち砕かれた夢にそれ以上耐えられなくなり、レベッカは屋敷の外へ足を踏み出した。

「〝君がいない人生なんて想像できないからだ〟ですって？」穏やかな夕暮れの中、そうつぶやきながら人けのないプールやテニスコートを通り過ぎ、屋敷の裏手に広がる広大な敷地へ出た。セミが鳴きやみ、聞こえるのは敷地の周囲を囲む木々の間を吹き抜けるそよ風の音だけだ。

屋敷から見えない一角には、エッグチェアと呼ばれる吊《つ》り下げ式の椅子があった。レベッカはその卵に似た椅子をちらりと見てから、すぐそばの大理石のベンチに腰を下ろした。三日前の夜にはそのベンチに座ったエンツォの膝の上に脚を開いてのっていた。彼のズボンの下の興奮の証《あかし》を感じながら喉に鼻を押しつけると、ウッディなコロンの香りがして、私は誘惑するようにささやいたものだ――。

「ここにいたのか」

肩をすくめ、レベッカは目を閉じて喉の塊をのみ下した。さりげない声が出せるようになるには、意志の力を総動員する必要があった。「ええ、そうよ。手続きを始めてくれたの？」

エンツォが大理石のベンチのもう一方の端に座った。偶然触れ合う心配がないほど二人の体は離れている。しかし、彼のすてきな香りはレベッカの鼻孔をくすぐっていた。

全身で緊張しつつ、彼女は脚を固く組んだ。「ほかにすることはないの？」

「今のところはない」

二人の距離を縮めたくなったのは、暗くなってきて気温が下がったせいだろう。

「そう」耐えきれずにレベッカは飛びあがるように立ち、その場をあとにしようとした。

完全に彼女が逃げ出す前に、エンツォが口を開いた。「君がホテルに置いていた荷物を取ってきた」

新婚初夜に着ようと決めていた薄手の白いナイトドレスを、レベッカは思い浮かべた。まばたきをして硬い口調で告げる。「ありがとう」

「君に小包を届けた女性の防犯カメラ映像も送られてきた」

「あなたと話はしたし、どうでもいいわ」

「届けたのは僕の母だった」

4

レベッカはどきりとした。宮殿のような自宅に温かな抱擁とともに迎え入れてくれた、カラスの濡《ぬ》れ羽色の髪をした細身の女性の顔が脳裏に浮かぶ。そんなふうに応対されて感動し、不安がやわらいだことは忘れられない。将来の義理の両親と対面するとき、パニックに陥らずにいられる人はいないものだ。

激しく打っていた心臓は、エンツォの言葉の意味を理解するとぴたりととまった。

エンツォに向き直る。「あなたのお母さまが?」

彼は背筋を伸ばし、手は腿をしっかりとつかんでいた。そして不機嫌そうな顔で短くうなずいた。

「私に小包を届けた?」

エンツォがもう一度、軽くうなずいた。

「でも……」レベッカは唾をのみこんでかぶりを振った。「お母さまは私の結婚式のドレスを選んだり、メニューを考えたりするお手伝いをしてくれたのよ」声にヒステリックな響きがにじんでいてもとめられなかった。「自分のお祖母《ばあ》さまが結婚式で使ったティアラまで貸してくれたのに！　なぜそこまでしておいて、土壇場ですべてをだいなしにしたの？　意味がわからない。あなたと結婚してほしくなかったなら、どうして私に親切にしたのよ？」

「君は母の動機を誤解している。母は君と僕の結婚に反対だったわけじゃない。僕が君をだまして結婚するとわかったから、真実を知らせたんだ」

「どうして？　結果は明らかでしょうに」レベッカは胸を押さえた。エンツォの母親以外の仕業だったなら、喝采してお礼にシャンパンをケースで贈っていたに違いない。でもエンツォの母親が？　彼の実の母親がですって？

彼が鋭くうなずいた。

「真実を知ったら私が結婚式を中止させると、お母さまは予想していたの？」

「母は結果がどうなるか考えずになにかをする人じゃない。息子の僕と同じで」

「でも……」レベッカの頭の中は真っ白になった。もはや立っていられず、エッグチェアに腰を下ろして考えを整理しようとした。

エンツォのビロードのような深みのある声が沈黙を破った。「母に話したのは僕のミスだったよ」

「どうしてそんなことをしたの？」彼女は小さな声できいた。

彼の視線が紫色の空を背景にしたレベッカの目をとらえた。「罪悪感があったんだ」

思わず辛辣な笑い声がもれた。「罪悪感があった？　あなたが？　そうは思えないわ」

まばたきをするより速く、エンツォが立ちあがってレベッカの前に立った。

彼のブロンズ色の肌は大理石のように輝いていた。均整の取れた骨格は彫像そっくりだったけれど、彼女の手をつかむ手は温かく、炎が燃えているような目は情熱をたたえていた。

顔を近づけたエンツォは荒々しく危険に見えた。

「僕の目を見て、罪悪感など嘘《うそ》だと言ってみろ」

その息はまなざしと同じくらい熱く、レベッカは半年前にひと目見たときから虜《とりこ》になった魅力にとらわれている自分に気づいた。脈拍ははねあがり、エンツォと出会ってから始まった下腹部のうずきも、息を吹き返したように力を取り戻している。しかし視線が彼の唇に下りると胸に鋭い痛みが走り、レベッカはつかまれた手を振りほどいた。

同時に顔をそむけ、できるだけ強い口調で言った。

「あなたの嘘が一流なのは、二人ともとっくにわかっていると思ったけど」

エンツォの指がレベッカの頬を撫《な》でた。思わず背筋が興奮でぞくぞくしたけれど、彼女は両手を拳にし、エンツォに抱きついて頬をがっしりした胸に押しつけたいのをこらえた。満たされない欲望に体を震わせながら、彼のリズミカルな鼓動に耳をすませていた夜が何回あっただろう？　エンツォの腕の中にいれば、両親を失ってから味わえなくなっていた安心感を味わえた。エンツォは私を悲しみの鎖から解き放ち、明日に目を向ける方法を教えてくれた。どうやって生きていけばいいのかわからない世界での錨《いかり》になってくれていたのだ。

今の私はその錨を失っている。錨だと思っていたものは幻にすぎなかった。

エンツォがレベッカから離れた。そして彼女と向かい合うように芝生に座った。

ようやく勇気を出してエンツォの顔を見たとき、

レベッカは痛いくらい胸が締めつけられた。

エンツォは長い脚を前に伸ばし、両手を背後の地面についていた。黒のTシャツを着ていても上半身が筋肉質なのがわかる。レベッカを見つめながら、彼は静かに言った。「最初からやり直せるなら、僕はまったく違う方法を選んだはずだ。一つも嘘のない方法を」

胸が痛くて、レベッカは反論を投げつけることができなかった。

彼の唇が引きつり、それから不機嫌そうな笑みを形作った。「君がここに引っ越してくる前の夜、僕は母に本当のことを話した」

「つまり私が仕事を辞め、言葉も通じない国に引っ越すために生まれ育った故郷を離れる前の夜にってことね」

エンツォがゆっくりとうなずいた。「そうだ。君がなにをあきらめたのか、僕は承知していた。引っ越してくる日が近づくにつれ、その気持ちは大きくなったよ」

「どういう気持ちが？」レベッカは、エンツォがどれだけ罪悪感を抱いていたのか正確に語ってほしかった。ひょっとして彼がうまく説明してくれたら、私は信じられるかもしれない。

「どういう……」エンツォが適切な言葉をさがした。「マグニチュードで言おうか？」

エンツォのTシャツが持ちあがり、腹部がのぞいた。熱いものがこみあげてきて、レベッカは急いで目をそらした。

これまで彼女が見たことのあるエンツォの裸といえばその程度だった。本当にほんの少し。それが彼が許してくれたすべてだった。

「あなたがどう思っていても、私の知ったことではないわ」

「僕は決して……」エンツォは言葉を切り、深呼吸をしてから続けた。「僕の中でとんでもない重さになっていったんだ、罪悪感が。だが本当のことを言うには遅すぎた。君を失う危険を冒すことはできなかったよ」

「祖父の株を失う危険は冒せなかったってことでしょう」レベッカは小さな声で言うと、膝を胸に引きよせて両腕でかかえ、エンツォの腕に抱きしめられたいなんて思いませんようにと全身全霊で願った。

彼の視線は揺るぎもしなかった。「違う。株のことなどどうでもよくなっていた。僕は恋に――」

「よくもそんなことを」彼女は震えながら、またこみあげてきた熱い涙をまばたきで押し戻した。「そういうのはいいから。言ったでしょう。私をどう思っていたかについてこれ以上話したら、どんな手を使っても会社をめちゃくちゃにするわよって」

エンツォが理解できない表情でレベッカを見つめた。「僕は君をひどく傷つけてしまったんだな」

彼女は頬にこぼれた涙をぬぐった。「あなたは私の心を引き裂いたのよ」

彼がたじろぎ、奥歯を噛《か》みしめた。

さらなる意味のない謝罪をされるのが怖くて、レベッカは唾をのみこんでつけ加えた。「私の気持ちのことなんて話したくない。それなら、あなたにもっと嘘をつかれるほうがましだわ。株が欲しかったあなたは、ネズミをもてあそぶ猫のように私をもてあそんだ。もし少しでも私への気持ちがあるのなら、もう愛とか恋とかの話はしないと約束して。でないと本気でなにもかも破滅させるわよ」

暗闇が迫る中で、エンツォの鋭い視線が彼女をとらえた。やがて彼がため息をついた。「約束するよ」

急に息が苦しくなったものの、レベッカはうなずいた。

「だが、約束するのは脅されたからじゃない」エンツォがつけ加えた。「君が本気で僕を破滅させるつもりなのはわかっている。君の苦しみや怒りを思えば当然だろう。約束するのは自分が犯した間違いを少しでも正したいからだ」

心のこもった言葉のあとに続いた沈黙はつらい緊張感に満ちていて、レベッカの胸の痛みは増した。この瞬間、エンツォから伝わってくる感情が自分の勘違いにすぎないと思うのはつらすぎた。彼の感情も言葉もとてももっともらしかった。

立派な言葉だけれど、ひどく安っぽく感じる。言う側にとってはただでも、聞く側にとっては高くつく言葉だ。

「お母さまに自分の計画を打ち明けたんだったわね」レベッカは静かに促し、二人の会話をもとに戻した。

彼女をもう一度見つめる前に、エンツォは首を伸ばした。それから顔をしかめた。「間違いだったと思っている」

「私に言わせれば間違いじゃないわ」

エンツォがしかめっ面をした。「母の道徳観が矛盾しているのを忘れていたんだ。アルコールのせいで口がすべったんだろう。あの夜はずいぶん飲んでいたから」

意味がわからず、レベッカは眉根を寄せた。

その顔に、彼が突き刺さるような視線を向けた。

「母や母との関係について、僕は君にすべてを語っていたわけじゃない」

「それはそうよね」

皮肉をぶつけられて、エンツォの唇の端に一瞬かすかな笑みが浮かんだ。「君を追いかけはじめたとき、僕は欠点など一つもない男だと思われたかった。株を手に入れることは、僕にとってとてつもなく重要だったからね。君が僕や、結婚によって加わろうとしている夫の家族に対して懸念を抱くような事態は避けたかったんだ」

つまり、エンツォが完璧な男性に見えたのは演技をしていたせいだったのだ。もちろんレベッカはすでにそうだと知っていたけれど、彼自身の口から聞くと、ひどいと思う気持ちとほっとする気持ちの両方がわきあがった。エンツォの非の打ちどころのなさには財産や生活ぶり以上に驚かされた。しかし彼がしてくれたことが全部計算ずくだったのかと思うと、心がしぼんだ。生理痛をやわらげるために湯たんぽを用意してくれたり、友達を何度も殴ったことが発覚した子供の親とのむずかしい面談のあと、ストレスを軽くするために頭をマッサージしてくれたりしたのも下心あっての行動だったのだ。

またしても苦しくなった喉を上下させてから、レベッカは軽い調子で言った。「お母さまは道徳に反したことをする人だったとか?」

「かつてはそうだった。だが、前科があるという意味じゃない。母が取り引きする宝石の中には出どころが疑わしいものがあった、とだけ言っておくよ」

その答えがあまりに意外だったので、レベッカは笑いたくなった。

エンツォに出会う前に彼の母親シルヴァーナは引退していたため、どんな仕事をしていたのかについてレベッカはよく知らなかった。ただ、シルヴァーナが宝石の輸入卸業者として国際的な大成功をおさめたおかげで、一人息子のエンツォが宝石業界に進もうと思った話は聞いていた。彼が最初の店を開く際には、母親からのアドバイスや知識がとても役に立ったらしい。その店が失敗した原因は自分一人にあった、とも言っていた。

それでも私の祖父の会社を半分買収したことが、成功した最大の要因だったとはエンツォは言わなかった。そこまで考えると、レベッカの笑いたい衝動はおさまった。

「中には盗まれた宝石があったってこと?」レベッ

カはエンツォの反応を慎重に観察した。

彼が肩を片方すくめた。「盗品とわかるものはなかった。誰が見ても、母は健全な取り引きをしていたよ。扱っていたのは出どころが正しく書類もそろっているものか、出どころが特定できないものだけだった。特定できないものといっても、盗品のデータベースに引っかかりはしなかった」

「でもあなたは、お母さまが盗品の取り引きをしたと思っているの？」

「思っているんじゃなく、知っているんだ。自分の仕事のために宝石を盗んでいたと」

「どうしたらそんなことができるの？　それに、そんなことをしていたら盗品のデータベースに引っかかりそうだけど」

「やり方さえ知っていれば、宝石を台座からはずし、指輪の金をとかすのはむずかしいことじゃない」

「お母さまがかかわったという証拠はあるの？」

「ない。だが、僕は母の息子だ。母とは一緒に世界じゅうを旅し、盗品らしい宝石を目にする機会もたくさんあった。あれが偶然の連続だったとは信じられない」

レベッカは頭をかきむしりたくなった。「あなたのお母さまは引退したけど、凄腕《すごうで》の犯罪者だったのね」

「そうだ」

「それならあなたの嘘がうまいのも説明がつくわ」

エンツォの端整な顔が引きつった。母親と比較されるのが明らかにいやなのだ。「君がそう思う気持ちはわかる。しかし僕は母の犯罪行為が発覚して、警察や国際刑事警察機構《インターポール》に連れていかれるのではという恐怖の中で育ってきた。母と同じ道を歩む気は毛頭なかったよ。僕の店で売られている商品はすべて出どころを説明できる。僕の事業に後ろ暗いところはない。投資を考えている事業については、人を雇って合法的かつ倫理的に経営されているか調査してもらっている」

「じゃあ、なにがきっかけだったの？　これまで法律を破ったり、ビジネスにおいて倫理に反する行為を許したりしたことがないなら、なぜ私の遺産を盗もうとしたの？」

「僕は盗もうとしたわけじゃない！」エンツォがいらだたしげに芝生をたたいた。「僕は株を売った場合の金額を君に渡そうと考えていた」

「どういうこと？」

「〈クラフリン・ダイヤモンド〉の現在の評価額は一億だ」

五カ月前のレベッカなら気絶していたかもしれない数字だった。「株以外の祖父の遺産の価値は？」

「不動産を含めて二千万だ」

「真夜中には七千万ユーロが私のものになるの？」

「ポンドだ」

レベッカは理解した。七千万ポンド。それから感情をこめずに言った。「すごい。私、お金持ちになるのね」遺産を手元に残すつもりはみじんもなかった。想像するだけで汚れた気分になる。「でも、あなたに比べればまだ貧乏だわ」受け取る金額の最後にゼロをいくつか足すと、だいたいエンツォの持つ資産に近いはずだ。「仮に私の受け取るぶんの株を買い取る気でいたというあなたの言葉を額面どおりに受け取ったとしても、私や世間に見せつけていた高い倫理観に反して私にあんなことをした説明にはならないわ」

「当時は、そうすることが理にかなっていると自分に言い聞かせていたんだ」

「あなたが理にかなっているなんて言うの？　おもしろいわね」

エンツォが目を閉じ、大きく息を吸った。「レベ――いや、ミス・フォーリー」訂正してからゆっくりと疲れたように話し出す。

「なに？」それ以上言葉が続かない元婚約者に、レベッカは問いかけた。

エンツォがかぶりを振り、ため息をついた。「非難はやめてもらおうと思ったが、こういう状況ではしかたないな。当然の報いだ」

「まあ、被害者面はやめて」エンツォを責めるたびに心が苦しくなる理由がわからず、レベッカは落ち着きを失った。もし彼の母親が息子の計画を私に知らせていなかったら、この瞬間、二人は披露宴を終えて初めて愛を交わす新婚夫婦になっていた。

彼女は大声で叫びたかった。私は最愛の人、そして理想の男性と結婚して有頂天だったはず。

でも、その夢は全部煙となって消えた。

こみあげてきた吐き気をのみこみ、レベッカは強い口調で言った。「お母さまのことだけど……あなたの話だと彼女は犯罪に手を染めた、矛盾した道徳観の持ち主ということになるわね」不思議なことに、シルヴァーナを犯罪者だと想像するのは、エンツォがそうだと想像するよりも簡単だった。

「例をあげて説明しよう。ハリウッドの映画プロデューサー、リコ・ロバーツを知っているかい？彼は昨年、若い女優たちにわいせつな行為をしたとして告発された。実際の音声記録もあった」

「なんとなく覚えているわ」

「六年前、リコと彼の妻が映画のプレミア試写会に行っている間、ロサンゼルスの自宅から二百万ドル相当の宝石が盗まれたことがあるんだ」

「それがお母さまの仕業だったの？」

「そのとき、母はフィレンツェにいた。しかし、母の指示で盗まれたのは確かだ。盗み出す何年か前にパーティでリコと彼の妻に会って、ずいぶん嫌っていたから。リコが性犯罪者だという噂《うわさ》は何年も前から流れていたが、最近のスキャンダルまで証拠はなかったし、具体的な証拠なしに追及するには映画業界の大物すぎた。母はそういう金持ちを標的にするんだ。それなら罪悪感を抱く必要がない」

「現代の女版ロビン・フッドってこと？」

エンツォが口角を上げた。「ああ。だが、手に入れた金は母の金庫に入るだけだ。もし母がリコ夫妻を気に入っていて噂を聞き流していたら、二人はまだ宝石のコレクションを所有していたに違いない。大好きな知り合いから宝石を盗める機会があって、絶対に捕まらないと確信していても、母は盗まない。一度好きになると決めたら、その相手とは一生の友達になる人なんだ。そしてミス・フォーリー、母は君を好きになったんだよ」

「お世辞でもうれしいわ」レベッカはおどけた口調で言った。エンツォがほほえみ、一瞬えくぼが頰にできた。

「そうだろうな。息子のこれまでの恋人を好きになったことはないから」

明るくなった雰囲気がたちまちに変わった。「私たちは恋人じゃなかった」レベッカは必死に傷ついた声を出すまいとした。「あなたに感謝するべきことがあるとしたら、決して私とベッドをともにしなかったことでしょうね。私を愛するふりをしていたあなたに身を捧《ささ》げていたら耐えられないもの」

何度もエンツォに自分を奪ってほしいと懇願したのを思い出して、レベッカの頰が熱くなった。彼への飢えは、永遠に消えることのないろうそくの炎のようだった。

その炎を消すにはどうしたらいいの？　エンツォは嘘つきだったとわかったのに、今でも炎はこれまでどおり明るく燃えているし、彼を意識して体が熱くなるのも前とまったく同じなのだ。

たぶん、エンツォが消えないようにしているせいだろう。わざとそうしているに決まっている。

それでも、レベッカはこれ以上エンツォを憎めなかった。

「なぜ僕が関係を持たなかったと思う？」

「必要なかったせいでしょう」声は苦々しかった。

「あなたは私なんて欲しくなかった。バージンだとわかったことを口実にして――」

言いおわらないうちに、エンツォが体をすばやく起こした。「そうだ」レベッカが座る椅子を両手で押さえつけ、彼女の目をじっと見つめながら荒々しく答える。「僕は君のバージンを口実にした。君を誘惑して結婚しようと考えていたときは、君はあの男の血を引く狡猾《こうかつ》な女のはずと言い聞かせていた。レイの遺言状を読んだ僕がどれだけ裏切りに傷ついたか、君には想像できないだろうな。彼に一度も会ったことがなく、会いたいと言われても断っていたんだから。だがはっきりとなにもいらないと伝えた君に、あの男は僕のおかげで救われた会社の株の半分を含めたすべてを遺《のこ》した。僕は会う前から君を憎む気でいたんだ。そして会ったときはほっとしたよ。君が欲望を抱けるほど魅力的な女性だったからね」

熱弁をふるっているうちに、なぜかエンツォの両手はレベッカの腰をつかんでいた。彼女は必死にエンツォの目をのぞきこまないようにしたけれど、体に触れられていることを無視できないのと同じくらい無駄な努力だった。

エンツォの指にはますます力がこもり、二人の鼻と鼻が触れ合いそうになった。「最初のデートを覚えているか？　君は自分がどれだけセクシーなのか、全然わかっていない。だがバージンだと言われた瞬間、僕の中ですべてが変わったんだ。どんなに君が欲しくても、嘘をついたまま君の体を奪うなどなにがあっても許されないと悟ったんだよ」

レベッカはエンツォの言葉と触れ合いが引き起こしている感情の高ぶりと必死に闘っていた。彼が仕掛けた罠《わな》にはかかるまいと、両手を体の脇でしっかりと拳にする。それからエンツォのすてきな香りで我を忘れてしまわないために、懸命に息を深く吸わない努力をした。

「私と新婚初夜を迎えるときはどうする気だったの？」レベッカはかすれた声でなんとか問いかけた。「私に本当のことを言わずに体を重ねるつもりだった？」

「ああ」

「許されないとわかっていても？　嘘をつきつづけることになるのに？」

「そうだ。なぜならそのときには君は僕の妻になっているし、僕は決して君を手放さないつもりだったから」

エンツォの唇がレベッカの唇に重なった。

5

むなしい努力と知りつつも唇を引き結び、息をとめようとして、レベッカはてのひらに爪が食いこむほど拳を固くした。

それでも激しい体の震えや、心臓が肋骨《ろっこつ》にぶつかるほど打つのはとめられなかった。二つの反応はどうしようもないもので、抑えるのは無理だった。しかしそんな状態にどうにかあらがおうとして、理性は口を閉じたままでいなさい、エンツォへの性急で燃えるような欲望に屈してはだめよと懇願していた。

負けないで、とレベッカの心も自分を励ました。エンツォにとってこんなキスにはなんの意味もない。すべては最初から仕組まれていたんだから。

そのとき、レベッカは思い出した。そもそもこの庭園に出てきたのは、忘れたかった夜の記憶があったからだった。その夜、彼女はエンツォにプロポーズされた。

夜になる前、エンツォはレベッカを川に浮かぶ高級水上レストランでのディナーへ連れ出した。そこで出された料理は今まで口にしたことがないほど美味だった。金箔《きんぱく》をあしらったチョコレートムースのデザートを食べたあとは、食後のカクテルを最上階のデッキで飲んだ。夜気は肌寒く、レベッカが震えているのに気づいたエンツォはスーツのジャケットを肩にかけてくれ、彼女は服に残った彼のぬくもりにうっとりした。屋敷に戻るころ、レベッカはディナーをとった船のように幸せという海をたゆたっていた。

玄関に入ったときから、あたりには薔薇《ばら》の香りがしていた。

居間には何百本もの赤い薔薇が、フィレンツェじゅうから買い集めたのではと思うほどたくさんのクリスタルの花瓶に入れられて飾られていた。部屋の中央の花台にはいちばん大きな花瓶が置かれている。花瓶には赤いリボンが巻かれ、その先に黒いビロードの小箱が結びつけられていた。

エンツォがリボンから小箱を取った。それを手に持ち、レベッカの前で片方の膝をつく。

彼女の心臓が激しく打ちはじめた。

小箱の蓋が開けられると、中にはとてつもなく美しい楕円《だえん》形のダイヤモンドの指輪が輝いていた。

〝僕と結婚してくれませんか？〟

レベッカがなにを言われたのか理解できるまで、エンツォはその言葉を三回繰り返した。それでも彼女は納得できず、なにがどうなっているのかもわからなかった。ほんの一カ月前まで悲しみのあまり私の世界は灰色だったのに、エンツォはそんな私の前に現れて世界を色とりどりに染めあげてくれた。さらに、私と結婚したいと言っているですって？

〝どうして？〟頭の中に浮かんだ唯一の言葉を、レベッカは口にした。どんな女性だって手に入れられるこの人が、なぜ私を選ぶの？

エンツォの目は輝いていた。〝君のいない人生など想像できないからだ〟

けれど彼女はプロポーズが本当なのか夢なのか信じられず、エンツォを見つめていた。

すると彼がゆっくりと立ちあがり、レベッカの手を取った。その目にはさっきまでとは別の、百年かかっても説明できそうにないなにかが浮かんでいた。尋ねる声は静かだった。〝返事を聞かせてくれないかな？　僕と結婚してくれませんか、レベッカ？〟

彼女の胸は喜びではち切れそうだった。〝はい〟

一瞬、エンツォの顔にはとてつもなく複雑な表情が広がったけれど、レベッカは自分の気のせいで片づけた。次に、恋に落ちるきっかけにもなった笑みを顔いっぱいに浮かべた彼に腕の中へ引きよせられ、レベッカは深々と情熱的に口づけされた。

エンツォがキスをやめ、レベッカの顔を両手で包みこんだ。〝愛してるよ、レベッカ〟その声はめまいがしていた彼女の頭の中と同じくらい不明瞭だった。〝愛してる〟

あれも徹頭徹尾ただの演技だったのだと思うと、レベッカの心は改めて打ち砕かれた。とっさに唇をもぎ離し、顔をそむける。「やめて！」

キスをしていたエンツォのすばらしい唇の感触が消えたあとも、レベッカの唇はうずいていた。腰をつかむ力もゆるみ、やがて手が離れたが、それからレベッカの拳を包みこんだ。その力は思いやりがあってやさしく、彼女は今日いちばん大きな声で泣きたくなった。

「君への欲望には一片の嘘《うそ》もない」口調には熱情が

こもっていた。

レベッカは激しく首を振った。「嘘をつくのはやめて。言ったでしょう、そんな言葉は聞きたくないって」

「どうして僕が嘘をつかなければならない？　どんな目的があってそういうことを言うんだ？」エンツォが握っていたレベッカの手を自分の胸に押しあてた。「僕は君を失った。だが君はまだ僕を失っていない。僕は――」そこで口をつぐみ、小声で悪態をつく。それから歯を食いしばり、いっそう強く彼女の拳を胸に押しあてて言った。「僕をどう思ってもかまわないが、君を欲していなかったとは思わないでくれないか？　君に手を出さずにいるのは人生でいちばんむずかしかったよ」

なにもかも嘘だったとわかった今でも、どうして私はエンツォを信じられたらと強く願っているのかしら？


新たな思い出がレベッカの脳裏に急によみがえった。ニューヨークのペントハウスの二人用ソファで、エンツォの膝に脚を広げて座っていた記憶が。二人とも服を着たまま下腹部と下腹部を密着させていて、彼女はエンツォの岩のように硬い興奮の証《あかし》を感じて体を熱くし、いらだちと不満を覚えていた。彼がベッドに連れていってくれるのをずっと待ち望んでいたから。〝こんな気持ちになるのを生まれてからずっと待っていたの〟とエンツォの耳元にささやいた。

深く激しくキスをしたあと、エンツォがレベッカの頭を両手で引きよせ、彼女の目をじっと見つめた。

〝僕もこんな気持ちになったのは初めてだ〟

〝じゃあ、私と愛を交わして〟彼女はねだった。

エンツォがもう一度熱烈なキスをした。〝かわい《カー》い人《ラ》、君をベッドへ連れていって愛を交わす以上にしたいことはないよ。だが、結婚式はもうすぐじゃないか。その日の一分一秒を特別な時間にしよう。欲望は残りの人生で満たせばいい〟

思い出を締め出そうと、レベッカは目を閉じて強く頭を振った。「お願いよ、エンツォ、どうか自分の負けを認めて。そういうことを言っても、私たち二人ともがおとしめられるだけだわ」

「君は自分をそんなに取るに足りない存在だと思っているのか？」エンツォが問いただした。

「私が自分をどう見ているかは関係ないわ。私があなたをどう見ているかが関係あるのよ。欲しいものを手に入れるためならなんでもする冷酷な嘘つきだと思っていることが」

エンツォの両手がレベッカの拳から離れて頬を包んだ。彼女はいっそうきつく目をつぶった。

「自分をどう見ているかが関係ないなら、なぜ君への僕の欲望を嘘だと決めつけるんだ？」声は刺々《とげとげ》しく、熱い息がレベッカの顔にかかった。「生きている男なら誰もが――」またしてもエンツォは口をつぐみ、彼女の頬から手を離した。レベッカが目を開けたときには彼は立ちあがっていて、髪をかきあげながらかぶりを振り、彼女を見つめた。「君は僕を二度と信じる気がないんだね？」

さっきまであったエンツォのぬくもりが消し飛ぶほど背筋が冷たくなり、レベッカはただ彼を見つめ返すしかなかった。

力強いがやさしげな唇が引きつり、そこから短い笑い声がもれた。「それとも君は自分を信じていないと言ったほうがいいかな？　僕がプロポーズしたときも、君は〝どうして？〟ときくばかりだった。今ほど君を知らなかったから演技なのかかと思っていたが、あれは本心だったんだろう？　プロポーズをされて〝どうして〟としか出てこなかったのは、自己評価が低すぎたせいだったんだな」

「結局、私のその言葉は正しかったけど」レベッカは震えながら言った。

エンツォの眉が信じられないというように上がった。「自分に自信があったらそんな質問をしたかな？　君は美しく、頭がよく、楽しい女性だ。だが一緒に外出するといつも自分が場にそぐわないんじゃないか、僕に恥をかかせるんじゃないかと心配していた。母に会わせるのもかなり迷ったよ。自分がよく思われなかったらどうしようと、君が気に病むのはわかっていたからね」

レベッカの心臓が激しく打った。「おかしなことを言うのはやめて。これは私の問題じゃないわ。あなたの問題なのよ」

またしても吠《ほ》えるような笑い声をあげたあと、彼が苦々しい笑みを浮かべた。「君の問題は僕の問題だ。もし君に自信があったら、とっくにここにいるのを正しいと実感しているだろうな」胸を拳でたたく。「たしかに僕はろくでなしでひどい仕打ちをしたが、君に言ったことすべてが嘘だったわけじゃなかった」

目を閉じるように簡単に耳をふさいでしまいたいと、レベッカは願った。自分の心や、エンツォを信じたいという切望を封じられたらいいのに。けれど努力して心に築いた強固な壁はぼろぼろになっていた。

どんな女性でも手に入れられる、野性的な魅力にあふれた億万長者のエンツォが結婚したいと言ったら、私みたいな平凡な女は疑問に思わないわけはないんじゃないかしら？　それに、別の惑星なのではと思うほどかけ離れた超富裕層の世界に飛びこむときに、おおぜいの前で愛する男性に恥をかかせたりしないのでは？

私は二人が出会ったホテルを高級だと思っていたけれど、エンツォに声をかけられて数日もたたないうちに、私の高級の概念はがらりと変わった。エンツォが連れていってくれた場所に比べたら、あのホテルは古ぼけていた。大学時代を除けばずっと郊外の一軒家で暮らしてきたけれど、彼は私を高級リムジンに乗せ、ミシュランの星つきレストランや会員制クラブへ案内してくれた。もしちゃんと最初の出会いを思い返していたなら、なにかがおかしい、ロンドンの超高層ビルに会社を持つエンツォが、あんな平凡なホテルで商談を行うはずがない、と気づいていたに違いない。

でも私は彼に夢中になり、自分の中に存在することさえ忘れていた感情を――幸せだという感情を目覚めさせてしまった。

エンツォと一緒にいると、とても幸せだった。

レベッカが黙りこくっている間に、彼が屋敷に戻ってきたときのようなしかめっ面になった。「なにか食べようかな」

急に話題が変わったせいで、レベッカはあっけに取られた。

エンツォが大きく深呼吸をした。「もうこんな時間だし、僕は一日じゅうなにも食べていない。君もだろう。僕への腹いせに飢え死にしないでくれ」向きを変えて歩き出したものの、五歩進んだところで立ちどまり、レベッカのほうを見た。「もし君が考えているように、僕が株を手に入れるために本当になんでもする覚悟をしていたなら、君が懇願するたびに体を重ねていたよ」

エンツォの長身が夕闇の中へ消えていくと、レベッカはエッグチェアに背をあずけて膝をかかえた。頬はまだ別れ際に言われた言葉のせいでほてり、胸はひどく苦しくて二度となにかを食べられるとは思えなかった。

スイッチを切るみたいに、彼に対する欲望や気持ちをなくせたらいいのに。

　これ以上傷つくことなく、心に固い壁を築いたまま今夜を乗りきれると考えていた私はばかだった。エンツォが喉から手が出るほど欲しい株を渡してもらうより、彼と一緒にいるほうがずっと私にとっては大事なのだから。

　純潔を捧《ささ》げようとしてエンツォに拒絶されるたび、私は傷つき恥じ入った。

　でも、彼の率直な言葉に私を傷つける気はなかった。

　もしエンツォが真実を語っていたなら、ベッドへ行くことを拒むのは私と同じくらい彼にとってもつらかったはずだ。

　最悪なのは、エンツォが真実を語っていたと私が信じていることだ。彼の目には心からの誠意があふれていた。もし二人の関係にかけらでも真実があったとするなら、私の愚かな心はほかになにを信じたがるかしら？　エンツォが私を愛していること？

　そうだとしたら、その愚かな心は彼のためにどんな言い訳を始める？　私に対するエンツォの言葉や行動は全部嘘だったけれど、やむをえなかったとか？　私は自己評価が低すぎると言った彼の言葉にも一理あるとか？　今度は私の愚かな心が私をだまそうとするの？

　レベッカはかかえていた膝に顎を押しつけた。最初の直感に従って空港に直行するべきだった。そうすれば今ごろは家にいて、エンツォの庭園に座っていなかったかもしれない。

　家ですって？　もう私に家はないでしょう？　イタリアに引っ越す前に新婚夫婦に貸したのだから。彼らには法的に一年間、私が生まれ育った我が家で暮らす権利がある。

　住む場所は、レベッカがイギリスに戻ってから解決しなければならない多くの問題の一つにすぎなかった。仕事さがしもその一つだ。後任の教師はすでに決まっている。元同僚たちも自分が花婿を大聖堂で捨てるところを目撃していたと気づき、彼女の胸は後悔でいっぱいになった。エンツォは元同僚たちの交通費や宿泊費も負担してくれた。招待した友人や家族の宿泊費も同様だった。

レベッカは椅子から飛び出し、熱い涙をこらえようと激しくまばたきをした。エンツォの信じられないほどの寛大さなど思い出したくなかった。彼の気前のよさは演技だとは考えられなかった。一生かかっても使いきれないほどの財産があるエンツォは、収入の一部を子供たちや病人のためのさまざまな慈善団体に寄付していた。

そう思うと、エンツォの自分に対する仕打ちが理解しにくくなった。あとを追って屋敷に戻るうち、レベッカは胸が苦しくなり、母親の癌《がん》の診断が間違いであってほしいと願ったように、彼の言葉や行動は演技でなかったと否定してほしくなった。否定できないなら、なにもかも納得できる説明をしてもらいたかった。

しかし、エンツォは否定も説明もしなかった。ただ自分の非を認めただけだった。

ホテルに残してきた荷物はすべて、残りの持ち物と一緒に玄関ドアの脇に置かれていた。あたりは静まり返っていて、エンツォの姿もどこにも見えなかった。

ホテルに置いてきたハンドバッグの中から、彼女は携帯電話を取り出した。タクシーを呼んで、ここを出ていこうかしら?

いいえ。まだ答えを聞いていない疑問があるのに、イギリスに戻って人生を立て直すわけにはいかない。答えを聞かないうちは前に進めるかどうかわからない。両親を立て続けに亡くした経験があるから、今はどうにか立っていることだけはできるけれど。

両親を失って深い悲しみに沈んでいた間、レベッ力は学んだことがあった。答えのない疑問は人をくるわせてしまう。父親の死には心臓発作という単純明快で疑いようのない原因があった。しかし母親の死は、かかりつけ医がカルシウム欠乏症や更年期障害などと診断したりせず、もっと深刻な病だと見抜いていれば防げたかもしれなかった。

その可能性が頭から離れず、レベッカはひどい不眠症に悩まされた。誰もはっきりとは答えてくれなかったせいで、ますます悩みは大きくなった。もし亡くなる二年前、母親が疲れが取れないと言って初めて診察を受けたとき、かかりつけ医が徹底的に血液検査をしてくれていたら。もし母親が自分の症状を更年期障害と信じこまず、あざができやすいことを無視していなかったら……。そんな〝もし〟が仮定ではなく現実だったら、あと五年は生きられたかもしれない。もっと誕生日を迎えられた気がする。

答えが出ない問題をあきらめられるまでには丸一年かかった。またあんなふうに悶々《もんもん》とする日々を送る覚悟はできなかった。両親の死から立ち直れたのは、この屋敷を出たあとは二度と顔を合わせることのない男性のおかげだったから。

エンツォは百人は座れるダイニングルームではなく、二十人しか座れない小さなダイニングルームのほうにいた。

大理石のテーブルのいちばん端に座ったエンツォは、硬い表情で皿の上の料理をフォークでつついていた。シャンデリアがその姿を金色に照らしている。皿から漂う香りをかいで、レベッカは急に空腹を覚えた。茄子《なす》、トマト、モッツァレラチーズを重ねて焼いたシンプルな料理は、彼の好物だ。外食で口にしている手の込んだ料理とは全然違う。

その料理を選んだのは食べるとほっとするからだろう。以前そう言っていた。エンツォは勝負に負けた。つねに勝利をおさめてきた男性にとっては、耐えがたい経験だったに違いない。

しかしレベッカに気づいたとたん、エンツォの態度は一変した。背筋を伸ばして胸を張り、彼女に向かってうなずいた。

ドア枠に寄りかかったレベッカはなんとか口を動かした。「なにか食べるものを取ってくるわ。ここで待っててくれる？」

唇を引き結び、彼が頭を上下させる。

料理人が自分のために大好きなマカロニチーズを用意していたのを見たとき、レベッカはさっき以上に胸が痛くなった。尋ねるまでもなく、彼はエンツォの指示に従ったのだ。

オーブンからぐつぐつしているマカロニチーズを取り出すと、料理人は温めた皿に盛りつけた。彼に礼を言うと、レベッカは皿をトレイにのせてダイニングルームに運び、長いテーブルの真ん中あたりに座った。エンツォの反対側の端に座れば、大声を出さなければならない。けれどここなら普通に会話ができるうえ、体のどこかが触れ合う危険もない。それにこの場所からだと首をひねらない限り、私にはエンツォが見えない。

本当はとてつもなく見たかったけれど。彼の整った顔はいつまでも飽きずに眺めていられた。

「料理人にマカロニチーズを作るよう言ってくれてありがとう」レベッカは静かに言った。

「どういたしまして」

エンツォのやさしい口調が、レベッカは気に入らなかった。同時に、同じくらい大好きだった。スプーンでとろけたチーズとマカロニをすくおうとしたとき、彼女は気づいた。私はこの人を憎みながらも愛しているのだ。

6

レベッカの母親はいつも、愛と憎しみは同じコインの裏と表だと言っていた。母親がレベッカの祖父のことを指して話しているのはわかっても、自身では人を憎んだことがなかったため、母親と同じ考えを抱けなかった。

しかし今は狭苦しいダイニングルームに座り、母親に言われたことを完全に理解していた。あまりに急に気づいたせいで、もし立っていたらめまいがして倒れこんでいたはずだ。心臓が勢いよく打つたびに針のような痛みが駆けめぐり、全身をさいなんだ。

「ワインでもどうだい？」無言で座っているレベッカに、エンツォが尋ねた。

彼女は目を合わせずにうなずいた。

彼が椅子から立ちあがった。「白にするか？」

レベッカはまたうなずいた。これ以上手に力をこめたら、握っているスプーンが曲がってしまう。

しばらくして、エンツォがグラスを彼女の前に置いた。

緊張して、レベッカは息をつめた。エンツォがこちらの背中に手を添えるにせよ、髪にキスをするにせよ、一メートル以内にいて彼女に触れないことはなかった。しかし彼はレベッカに手を伸ばさずに席へ戻り、彼女は安堵《あんど》のため息をつけばいいのか不満に思えばいいのかわからなかった。

息を吸ってエンツォのウッディなコロンの香りをかぎ、ワインを大きくあおった。そうしたのは大失敗だった。辛口の白ワインのせいで悩んでいた疑問について考えられなくなり、いつもは最高の安らぎを与えてくれる料理をスプーンで口に運ぶには、とてつもない努力をしなくてはならなかった。マカロニと牛乳とチーズをまぜただけのシンプルな料理を、料理人がどうやって絶品に仕上げたのかは見当もつかない。しかし今夜はいつものように夢中になれず、味わうことさえできなかった。

エンツォはそんなレベッカをじっと見つめていて、彼女は体の奥まで見透かされている気がした。

「お母さまがなぜあなたの計画を私に教えたのか、最後まで話してくれていなかったわね」彼の熱いまなざしで体が自然発火しそうになったとき、レベッカは口を開いた。

目の端で見ていると、エンツォが赤ワインを飲んだ。沈黙の中に彼の深いため息が響いた。「ああ、話していない」

「説明して。お母さまがあなたと私に結婚してほしくなかったのはどうしてなの？」

「母はたいていの人が好きじゃない。だが君のことは気に入っていた。義理の娘を選べるなら、君を選んでいたはずだ」

レベッカはどう返せばいいかわからなかった。宝石泥棒に息子の理想の妻だと思われて光栄に感じるべきなのかしら？

「母は僕と同じ理由で君に惹《ひ》かれたんだ」エンツォが静かに説明した。「君は誠実ないい人で、思ったことを包み隠さず話す。〝計算機たち〟に囲まれていると、それが新鮮なんだよ」

レベッカはスプーンを皿に置いた。「計算機？」

「人を利用するために計算ずくで動く連中のことを、僕の会社ではそう呼んでいるんだ。冗談の一種としてね」

彼女はマカロニチーズをスプーンでゆっくりとかきまぜた。「じゃあ、あなたもそうだわ。これまで私に言った言葉は全部計算していたんだもの」

「そうなるな」エンツォがうなずいた。「だが、少し違う。君という人について言った言葉を計算したことは――」

彼が口をつぐんだ。愛や気持ちについての言葉を、レベッカが聞きたがらないのを思い出したのだろう。

「でも、なぜお母さまは私たちの結婚式を妨害したのかしら？　私のことが好きでも嫌いでも関係ないわ。あなたは息子なのに」

「母の商売をだいなしにした僕に復讐《ふくしゅう》したかったんだろうな」

無意識のうちに、レベッカはエンツォに顔を向けていた。

彼の視線はすでにこちらにそそがれていて、指はワイングラスの脚をきつく握りしめていた。整った顔は花崗岩《かこうがん》のようにこわばり、開いた口からこぼれた声も石を思わせるほど硬かった。「五年前、僕は警察に通報すると言って母を脅したんだ。母がくわだてた強盗事件の証拠になるものをつかんでいたからね」

予想外の話にショックを受け、レベッカは何度もまばたきをした。

信じられないことに、エンツォの表情がさらにこわばった。「誰かが母をとめなくてはならなかった」

声が出るようになるまでには時間がかかった。

「だから、あなたがとめたのね？」

迷いのない答えが返ってきた。「そうだ」

「自分の母親を警察に売ろうとしたの？」信じられない気持ちで彼女はきいた。

「レベ――」エンツォが目を閉じ、唇を引き結んだ。

「ミス・フォーリー、母と僕の間には複雑な事情があるんだ」

「会ったときにはまったく普通に見えたけど」比較的普通に。しかしエンツォとシルヴァーナがいる世界は自分の世界とはあまりにも違っていたので、自身の経験で二人を判断できなかった。

大学時代、レベッカが週末や休日に実家へ帰るときは、いつも父親が古いハッチバック車で迎えに来てくれた。けれどエンツォとシルヴァーナにとっては、お互いのところをヘリコプターで訪問するのが普通だった。渋滞した道路で自ら車を運転するのではなく、運転手つきの車が行きたいところへ連れていってくれるのにだ。

それに、訪問してからも違っていた。レベッカと両親は家の料理や掃除を一緒にしたけれど、エンツォとシルヴァーナはそれぞれ雇っている料理人に食事の支度をさせ、汚れていなくても使用人に定期的に掃除をさせていた。おまけに二人は妙に格式張っていて、レベッカと彼女の両親の間にあったような愛情や思いやりは感じられなかった。とはいえ、そういう関係がエンツォとシルヴァーナにとっては自然なのだと思っていた。

「人は見かけによらないからね」エンツォが言った。

〝あなたもその一人だものね〟舌先まで出かかった言葉を、レベッカは唇を閉じて封じた。彼の目には焼けつくと同時にこごえるような炎が燃えている気がした。

「説明するとこうだ」エンツォがゆっくりと一語一語を口にした。「母は結婚も子供も望まない女性だった。僕の妊娠は予定外で、事故にあったに等しかったんだろう。自分では育てたくなかったから、出産すると母は僕を父に渡した」

レベッカはなにも言えなかった。全身の細胞が氷に変わった感覚に襲われていた。

エンツォとはずいぶん話をしているけれど、この話を聞くのは初めてだ。

「生まれてから六年間、僕にとって母はたまに現れるだけの存在で、見知らぬ他人も同じだった」

「それで……どうして……」彼女はそこで黙りこんだ。頭の中にはいくつも質問が渦巻いていたけれど、一つも口にできなかった。

「母は僕を欲しがらなかったし、愛そうともしなかった。あとで何度も言われたが、そうするしかなかったらしい。だから僕の人生にはかかわろうとしなかったものの、息子への愛が自由を求める気持ちより大きくなってきて母は腹をたてた。母にとって愛とは自由を奪うものなんだ。それが父が死んだとき、僕を引き取らざるをえなかった理由だよ」エンツォがうなるように続けた。「父の葬儀の日、母は僕を迎えに来た。僕は慣れ親しんだ世界から引き離され、見知らぬ女性と暮らさなければならなくなった」

レベッカは息もできず、鼓動も速まる一方だった。

「同じ通りで暮らしていた祖父母のもとへ行く選択肢もあった。僕は二人の家も我が家と思っていたからね。祖父母のことは好きだったし、祖父母も僕を愛してくれた。だが当時は六歳で、選択の自由などなかったんだ」

レベッカにも選択の自由があれば、エンツォから視線をそらしていた。しかし、彼の石のような表情から目をそらせなかった。エンツォのこんなに厳しい顔は今まで見たことがない。いかにも同情してほしそうな声で語られるよりも、なぜかずっと深く心に響く。

今、この人が話していることはすべて、まぎれもない真実なのだ。

六歳のエンツォが父親を脳動脈瘤《どうみゃくりゅう》で亡くしたとき、両親が一緒に暮らしていなかったことは知っていた。でも、彼はずっと母親に育てられてきたと思っていた。

私がそう思いこんでいたの？　それとも、エンツォがそう信じさせたがったの？

彼はわざと私に誤解させておきたかったに違いない。なぜなら本当のことを話せば、母親がどういう人なのかわかってしまう。すでに認めているように、彼は結婚に関して私にどんな疑問も抱いてほしくなかった。自分の完璧でないと思われるところは決して見せたくなかったのだ。

しかしまた嘘《うそ》が一つ明らかになったというのに、レベッカは今回怒る気になれなかった。

苦い気持ちを抑えつけながら、彼女はどうにか尋ねた。「一緒に暮らしはじめてからのお母さまはどんな感じだったの？」

「ひどかったよ。僕が知っている中でも母はもっとも身勝手な人間で、子供の育て方がまったくわかっていなかった。僕は典型的なイタリア人の大家族らしい生活から引き離され、どんなものにも触ることを禁じられたアパートメントで暮らすようになった。母は自分の自由を制限する息子に恨みをつのらせ、僕も僕で祖父母に会えないことや、父とは全然違うことで母を恨んだ」

「お父さまはどんな人だったの？」

エンツォの目が少しなごんだ。「すごい人だったよ。画家で装飾家だったから、僕の部屋の壁一面に車を描いてくれた。父にはいい思い出しかない」

レベッカの胸にまた痛みが走った。なぐさめの言葉が飛び出しかけたものの、口をきつくつぐむ。私が言うべきことじゃない。

たとえ言ったとしても、エンツォはなぐさめなど求めてもいないし、必要としてもいない。彼は過去をすでに受け入れている。話をしているのは私に聞く権利があると思っているからだ。

「一緒に暮らしている間……」エンツォが片方の肩をすくめた。「僕も母も耐えるしかなかった」また肩をすくめ、ワインを飲みほす。「母は僕を愛してはいたし、僕も母を愛していたからだ。お互いに愛情を抱いているから、僕たちはまだ親子でいられている。好き嫌いがはっきりしている人なんだ。もし君のことが好きなら、母は君のためになんでもするだろう。だが君が逆らえば、もともと存在していなかったかのように切り捨てられる。僕をそういうふうにできないのが腹立たしいんだよ。ほかの誰かが母を脅して犯罪から足を洗わせようとしようものなら、あっという間に追い払われただろう。僕とも縁を切りたいのに、母はできないでいるんだ。この五年はそのせいで憤っていた。今回僕に仕返しできたのも、君のためだと自分に言い聞かせて良心を抑えつけていたからに違いない」

「女版ロビン・フッドには良心があったの？」

二人の間の空気が軽くなった。しかしレベッカはすぐに、重苦しい雰囲気をやわらげようとしたことを後悔した。

かつての二人にあった、きらきらした思い出をよみがえらせたくはなかった。エンツォと一緒だったときの喜びを追体験するわけにはいかなかった。

「前も言ったが、母の道徳観は複雑なんだ。もし母が君を嫌っていたら、きっと僕と結婚させたあと、別の機会を待って復讐しただろうな」

「あなたのせいでもう宝石を盗めなくなったから？」ほかの理由ではここまで恨んだりしない気がする。

「間違いないな」

レベッカはろくに食べていないマカロニチーズをスプーンでかきまぜつづけながら、自分の知っているシルヴァーナ・ベレーシとエンツォの話に出てきた女性とを重ね合わせた。そして怒りをかきたてようとした。数カ月一緒にいる間、私はエンツォに誰にも話していないことを話して魂をさらけ出したのに、彼は生い立ちのいちばん重要な部分を秘密にしていた。

つまり人生をともにしようとしていた私に、わざと言わなかったのだ。

それでも怒りはわきあがってこなかった。小さな教え子たちと同じ年頃だったエンツォを思うと、レベッカの胸は苦しくてしかたなかった。その年代の子供たちは好きなだけ愛情を表現したり感情をあらわにしたりするのが普通で、気持ちを隠すのは苦手なものだ。けれど教師の仕事についてすぐ、中には気持ちを隠せる子供たちがいるのに気づいた。エンツォもそういう子供だったのかしら？

でもかつてどんな子供だったとしても、今のエンツォは小さな少年じゃない。彼は自分を産んだ女性と同じ、人を操る男性に成長した。そして私が完璧だと思う男性との結婚に疑問を抱かないように、人生のもっとも重要な部分を省略した。

そうだとわかったのは、エンツォが話してくれたからだ。

私が求めたら、彼はなにもかも正直に打ち明けてくれた。もし祖父の遺言状についても最初から正直に話してくれていれば、もしかしたら二人は……と思うとレベッカは悲しくなった。

こんなことを考えていてもしかたない。私たちに特別な絆《きずな》なんてなかった。エンツォは私を愛していなかった。一度も愛そうとは思わなかったのだ。彼の母親は私が大好きだったみたいだけれど。

レベッカは深呼吸をし、椅子を押して立ちあがった。

エンツォは彼女の一挙手一投足を見ている。

「もう遅い時間だし」レベッカは彼に背を向けようとした。「そろそろ眠る努力をするわね」

とっくにベッドにいるはずだったことを思い出すと、また胸が痛いくらいに締めつけられた。そのベッドには夫もいて、二人は初めて愛し合っていたはずだった。でも、祝福するつもりだった愛なんて存在しなかった。

そのとき、ベルベットを思わせる声がレベッカの耳に届いた。「もう少し一緒にいてくれないか？

君に渡したいものがあるんだ」

レベッカは目を閉じた。「株を渡してくれるの？」

「いや、渡したいのはほかのものだ」

「株以外にあなたに望むものはなにもないけど」五カ月前に戻り、見たこともないほどすてきな男性から、暖炉のそばで温かい飲み物を飲まないかという誘いを断ることを除けば。

これ以上エンツォと同じ空気を吸うのに耐えられなくなり、彼女はダイニングルームのドアに向かった。

「五分でいいんだ、かわいい人《カーラ》。城の時計の針が零時を指すまで一緒にいてほしい」

興味を引かれて立ちどまり、レベッカはふたたび目を閉じた。「ここは城じゃないでしょう？」

「ちょっと気取ってみたんだ」

彼女は思わずほほえんだ。かすかな笑みだったけれど、背を向けているので彼には見えないのがうれしかった。この人にはもう私を笑わせる力なんてないのだから。

後ろから足音が近づいてきた。「今から行けば、真夜中にはガレージにいられるな」

「なぜガレージなの？」

「君の誕生日に驚かせたくてね」

レベッカは激しく首を振った。「あなたからはなにもいらない。なにをくれるつもりかは知らないけど、返品してちょうだい」

「それはできない」

エンツォの温かな息がレベッカの髪にかかった。すぐそばにいる彼からはぬくもりが伝わってきて、飢えていた全身がざわめきはじめる。彼女は触れたい気持ちをこらえようと両手を拳にした。エンツォがこちらの腕を両手で撫《な》でおろしたいという衝動を我慢しているのは本能でわかった。

振り返りたいという気持ちを必死にこらえて、レベッカはあらためて歩き出し、居間へ入っていった。振り返ってエンツォのすべてを見透かしているような目を見てしまったら、頭がどうかなってしまいそうだった。

「わかったわ。あなたがどうやって私を驚かせるつもりなのか見せてちょうだい。でも、大喜びして感謝するとは思わないでね」きっとプレゼントは車だ。エンツォは車の収集家だから。ガレージには一台一台が私のイギリスの家よりも高価な美しいスーパーカーが何十台も並んでいる。

しかし、レベッカは車に興味がなかった。父の古い車を売ったり廃車にしたりせず、倉庫にしまってあるのも愛着があったからにすぎない。だから、エンツォがどんな車を買おうと心を奪われることはない気がした。私が望むものをあれだけよくわかっていたエンツォが、だからこそ私をだませたエンツォが、車を贈ろうと考えたなんて驚きだ。

レベッカは決して振り返らず、広い部屋を抜けて廊下へ出ると、突きあたりのドアから吹き抜けの階段を下りてガレージをめざした。エレベーターに乗ってエンツォと二人きりになることは絶対に避けたかった。

後ろからは別の足音が聞こえていたので、エンツォがついてきているのはわかった。おかげでレベッカの全身はざわめき、胸も高鳴っていた。エンツォがそばにいることを、彼女はかつてのように意識しすぎていた。

階段を下りる足を速め、屋敷と同じくらい広大な地下のガレージへ足を踏み入れる。

胸の前で両腕を組んでから、レベッカは目の前の真っ白な空間を見まわした。誕生日プレゼントだという車をちょっと見たら、使うのは今夜限りで終わりとなる寝室に閉じこもろう。それから我慢できるだけ冷たいシャワーを浴びて、この熱い体のざわめきと胸の高鳴りを静めないと。

左から三台目の車に大きな赤いリボンがかかっていた。「あれがそう?」

「そうだ。近づいてよく見てくれ」

おぼつかない足取りで二台目のそばを通り過ぎたとき、黄色い車がちらりと目に入って、レベッカは心臓が口から飛び出しそうになった。

急に足が動かなくなったものの、ほんの三週間前に毛布をかけた車までなんとか歩いていった。そのときは車に向かってこのままにしておく気はないこと、いつか父に代わって修理してくれる人をさがすと約束したものだ。

言葉を口にできるようになるまでには長い長い時間がかかった。それでも声はくぐもっていた。「どうやったの?」

「答えはわかっているだろう」エンツォがジーンズのポケットからキーを出した。それをてのひらにのせて差し出す。「誕生日おめでとう、カーラ」

レベッカは車から視線を離し、父親の夢をかなえた男性と目を合わせた。色あせ、ぼろぼろだった年代物の車は数えきれないほどあちこちへこんでいたのに、今ではショールームにある車のように傷一つなく輝いている。ハンドルやギアレバーも新品同然だが、父親が愛した魅力は失われていない。車はかつての栄光を取り戻そうと父親が思い描いていた姿をしていた。

もし今、父親がこの車を見たら、私がもう一度見たくてたまらなかった笑顔になったに違いない。

涙がとめどなく頬を伝い、自分ではとめられなかった。彼女はエンツォが伸ばした手を無視して彼の体に腕をまわし、胸に顔を押しつけてわっと泣き出した。

ほんの少しためらったあと、エンツォがレベッカを抱きしめた。片方の腕を彼女の背中にまわして手を頭に置き、顎を髪にうずめる。それからレベッカをやさしく引きよせ、必死に抑えてきた感情を吐き出させた。

　彼女の鼓動が落ち着き、涙もおさまったころには、エンツォのTシャツはびしょ濡《ぬ》れになっていた。

　レベッカは顔を上げた。エンツォの表情は相変わらずこわばっていたが、ダイニングルームにいるときとは違って今は言葉を口にしないでいる努力をしているようだった。

「ありがとう」彼女は小さな声で言った。父親の車の修復は、エンツォの財力がなければできなかったかもしれない。彼がその作業をしてくれたのはレベッカのため、修復が彼女にとってどれほど大切かわかっていたからだ。

　エンツォが緊張した笑みを浮かべた。「君を泣かすつもりはなかったんだ」そして今日という大変な日に、すでにレベッカを大泣きさせていたことを思い出したかのようにたじろいだ。

「あなたのせいじゃないわ」レベッカは唾をのみこんだ。「ちょっと泣きたくなっちゃったの。両親がいないのが寂しくて」

　エンツォの顔がまたもやこわばった。レベッカの頭に置いていた手で髪をすき、もう片方の手の親指で彼女の涙をぬぐう。「君に寂しい思いをさせたのも僕のせいだ」

　本当は反論したかったけれど、レベッカはできなかった。理由を作って彼を許したかった。顔を数センチ動かせば二人の唇が重なり、いつもめくるめく喜びを与えてくれた情熱的なキスができる。また傷つく危険はあるけれど。

　目を見れば、エンツォも彼女と同じ誘惑と闘っているのがわかった。

　彼の手から逃れ、レベッカは後ずさりしてポルシェの側面にぶつかった。

しかし、エンツォから目をそらすことはできなかった。視線を引きはがすなど無理な相談だった。彼もレベッカから視線を引きはがすことができないようだ。

目をレベッカに据えたまま、エンツォが片方の膝をついた。彼女がキーを落としたのに気づいたのは、エンツォが拾いあげたキーを手に押しつけたからだ。彼に触れて、レベッカの肌には電流のような衝撃が走った。

前以上に熱い欲望を目に浮かべながらレベッカを見つめ、エンツォが彼女の手にキーを握らせた。彼の浅い息づかいはレベッカと同じだった。エンツォに腰を引きよせられると、彼女の心臓がなにも聞こえなくなるくらいうるさく打ち出し、彼の熱い息を唇に感じるとまぶたが下りた。

7

レベッカが抵抗しなかったのは、キスが始まらなかったからだ。唇で唇をかすめたとたん、エンツォは撃たれたかのように後ろへ下がった。

長く息を吐き、自分の髪に手をやる。「すまなかった」彼が堅苦しい声で謝った。

レベッカはほてった頬に両手をあて、先にキスをやめたのがエンツォだったことを恥ずかしく思った。あまりにも夢中だったせいでやめられなかった。彼の魅力の虜《とりこ》になっていたのだ。

彼女は打ちのめされた。いろいろあったにもかかわらず、エンツォを求める気持ちはこれまでと変わらないこと、けれど彼のほうは理性で制御できるのがショックだった。

　表情からレベッカがなにを考えているか読み取ったのだろう、エンツォがいきなり二人の距離をつめた。両手で力強く彼女の顔を包みこんだので、熱い息がふたたびかかった。「そんなことは考えるな、かわいい人《カーラ》」彼は荒々しい声でそう言うと、レベッカの手をつかんで自分のがっしりした胸から腹部を撫《な》でさせ、下腹部に押しつけた。「この欲望を感じて、僕など欲しくないと言ってくれ」

　レベッカは激しい息づかいの中、エンツォのジーンズを押しあげる猛々《たけだけ》しさに目を見開いた。ゆっくりと熱い興奮が体に広がって頭がくらくらし、すでにがくがくしていた膝からいっそう力が抜ける。

「僕は今までつき合ったどの女性よりも君が欲しい。君を自分のものにできるならどんなことでもする。だが、君の気持ちを都合よく操ることはしない。二度とそんな男にはならない」

　そして、エンツォはレベッカから完全に手を離して立ち去った。

　レベッカは相変わらずポルシェに背をあずけたまま、遠ざかっていく彼の姿を見つめていた。言われた言葉を理解するどころか、足を動かすことさえできないほど呆然《ぼうぜん》としていた。

　数分後、エンツォはエレベーターの中に消えた。

　唇のうずきをなんとかしたくて、レベッカは一生懸命歯を磨いた。肌から熱いざわめきを洗い流すためにもう一度シャワーを浴びたけれど、エンツォの痕跡は消えなかった。目を閉じるたびに彼の興奮の証《あかし》を手に感じて、下腹部が脈打った。

　しかしいくら涙を流しても、欲望は浄化できなかった。

　どうしてまだこんなにエンツォを求めているの？ 彼のたくらみのあれこれを今は知っているのに。たしかに、エンツォは父親の愛車を復活させてくれた。でも一ついいことをしたからといって、なにも変わらない。私との結婚を正当化できるわけでもない。けれど、彼はあの車を新品同然にしてくれた。私のために。

気をしっかり持ってと自分に言い聞かせたレベッカは、ポーチをさぐって保湿クリームをさがしたけれど見つからなかった。ホテルの浴室に忘れてきたのかもしれないと思って、寝室に戻る。客室係が見つけてスーツケースに入れてくれていないかしら？

そのとおりだったものの、スーツケースから容器を取り出そうとしたとき、手がシルクに触れてどきりとした。

勇気を振り絞り、レベッカは白いナイトドレスを手にして広げた。

目に涙がにじんだ。ずっといろいろ考えていた夢の一夜が脳裏に広がる。

この一着は結婚式の夜、エンツォのために着ようと思っていたものだった。まさに今夜、そうする予定だったのだ。ハネムーン先のペントハウスで。目の前にあるスーツケースの中身は、すべてそこへ運ばれていたはずだった。

今宵《こよい》に備えて買った官能的な香りがするきれいな色のシャワージェルを使い、顔には魅惑的なメイクを施す。新婚初夜を、バージンを失うだけの経験にはしたくなかった。エンツォの記憶にも残る一夜にしたかった。エンツォが私の肌の隅々にまで触れるなら、私も彼の肌の隅々まで触れたい。

想像していた新婚初夜は、おとぎばなしそのものだった。エンツォが結婚前にベッドをともにするのを拒んでいたせいで、空想はふくらむ一方だった。

エンツォは今夜、私と愛し合っていたはずだった。結婚をやめようなんて考えもせずに。

考えるよりも早くレベッカは着ていたパジャマを

脱ぎ、新婚初夜のために最後の月給で買ったナイトドレスに着替えた。その一着だけは自分のお金で買いたかったのだった。

買った日と同じように、レベッカは鏡の前に立ち、ナイトドレスを脱がせる前のエンツォの顔を想像した。

その美しいデザインは胸の小ささがめだたず、実際よりもレベッカを女らしく見せてくれていた。肩にかかっているストラップは細く、胸元はV字形にくれていて、裾はかろうじて腿にかかるくらいしかない。これは眠るために着るものではなく、一緒に眺めて楽しむためのものだった。

化粧を落とした自分の顔を厳しい視線で見つめながら、レベッカはエンツォの手が胸を撫でるさまを想像した。目を閉じて、彼が手ではなく唇で愛撫《あいぶ》するところも想像する。けれどエンツォの手が脚の間に伸びてきた場面を思い描いたとたん、すさまじい怒りがうねるようにこみあげてきて、レベッカはぱっと目を開けた。それから、今夜が過ぎたら二度と横たわることのないベッドへ身を投げ出した。

エンツォのせいで結婚初夜の想像がふくらんでいただけでなく、体の中で猛威をふるう〝病〟もひどくなっていた。彼女にとってエンツォへの欲望は病も同じだった。待つ甲斐《かい》はあると彼が保証していたせいで、レベッカはありえないほどの期待を抱き、人並みだったはずの欲望をつのらせすぎて苦しんでいた。

前世でなにかとんでもなく悪いことをしたのが原因で、私はこんな罰を受けているのかしら？

裏切られた男性にこんなにも気持ちが残っているのは、前世でも男性経験がなかったせいとか？　ほかの男の人を知っていたら、枕に顔をうずめて叫ばずにすんだの？

もしエンツォと知り合う前に男性とつき合ってい

たとしても、彼を求めずにいられたとはとうてい思えなかった。だからあっさりエンツォにだまされ、これほどの苦悩を味わっているんじゃないの？

両親が亡くなる前に思いきってベッドをともにするほど強く愛せる相手が見つかっていれば、エンツォの気持ちや嘘《うそ》を最初から見抜く術《すべ》を身につけられていたかもしれないけれど、そんな人はいなかった。エンツォ以前の男性経験はほとんどゼロに等しかった。そのせいで彼のユーモアと魅力、すばらしい外見に目がくらんだ。エンツォ以外はなにも見えなくなっていた。

それでもレベッカはつき合った当初から絶えず自問し、うぬぼれないのよと自分をいましめていた。なぜエンツォのような男性が私みたいな平凡な女を好きになるの、と考えつづけた。

そのころも自分の気持ちを疑ったことはなかった。出会った最初からエンツォへの思いには素直だった。

なぜなら両親を失って以来初めて、悲しみ以外の感情を経験していたからだ。

レベッカは内気な性格だったため、いつも友人たちの中にとけこんでいるのがいちばん心地よかった。高校時代、一緒にいた女の子たちはとても結束が強かった。

大学に入ると、学生寮で新しい友達ができた。おとなしかった高校時代の女の子たちとは違って、彼女たちはとにかく奔放で、レベッカをパーティに引っぱりこんだ。それ自体は大いに楽しめたけれど、朝になって名前を思い出すのに苦労するような相手と喜んでキスをしたりベッドをともにしたりしたがる人たちがいることにはショックを受けた。初めての経験が酔った勢いの一夜限りの出来事になるのはいやだった。きちんと意味のあるものにしたかった。

大学三年生になると、そんな奔放な友人も現実を見て勉強に励むようになった。しかしそのころ母親の疲れやすさの原因が血液の癌《がん》だったと診断され、運命の人を見つけたいという希望はレベッカの胸の中から消え去った。二週間後、母親は亡くなった。それから三日後、悲しみに打ちひしがれた父親は心臓発作で命を落とした。まばたきする間もないほどすばやくレベッカの世界は跡形もなくなり、悲しみから立ち直って学業を再開するには丸一年かかった。

エンツォがパンクさせたタイヤを交換し、自分の世界に色を取り戻してくれるまで、私は自分の殻にしっかりと閉じこもっていたのだ。

エンツォは私を悲しみの霧の中から救い出し、生きる気にさせて、欲望の存在を教えてくれた。しかし彼がしたことはすべて偽りだったから、私が男性に身をゆだねたらどうなるかという答えを私が知ることはない。今の熱に浮かされたようなひどい状態からも決して立ち直れない……。

レベッカは枕に押しつけていた顔を上げて体を起こした。

なにもかも悪いのはエンツォだ。これまであったことも、すばらしい新婚初夜を約束していたことも全部嘘だった。彼は私に期待させただけだ。

気が変わらないうちに、彼女はなんとか手足を動かしてベッドから下り、部屋を飛び出した。怒りは欲望と同じくらい激しく体を駆けめぐっていた。

ドアを乱暴にノックし、返事も待たずに開ける。

部屋のカーテンは開け放たれ、銀色の月と星の光が三箇所にある窓から降りそそいでいた。いちばん奥にある途方もなく大きなベッドの上で、エンツォが頭を持ちあげた。

「レベッカ?」彼もまた眠れなかったらしい。

「ミス・フォーリーと呼んでと言ったでしょう」彼女は憤慨しながら訂正し、ドアを踵《かかと》で閉めると、広々とした部屋を歩いてエンツォのところへ行った。

「どうしたんだ?」上掛けが腰まで落ちているせい

でむき出しの胸が見えた。

全身に荒れくるう憤りと同じくらい熱く、レベッカの下腹部が脈打った。この数カ月は初めて服を脱いだエンツォの姿を何度も空想していたけれど、実際は想像をはるかに超えていて彼女は腹をたてた。今の私は期待を胸に夢見心地でエンツォを見ているわけじゃないのに、これまでいちばん魅力的に見えるなんて……。怒りが頂点に達した。

怒りがかきたてた力は自分のために使わなくては。私は長い間、エンツォにすっかりだまされていた。そんな目にあうのはもうたくさん。二度とそうはならない。

「あなたが約束してくれた初夜が欲しいの」

エンツォはしばらくレベッカを見つめたあと、深く息をつき、ベッドのヘッドボードにもたれて目を閉じた。

「目を閉じるのはやめて」彼女は低い声で言った。

顎に力を入れ、エンツォが彼女を見つめた。「君はここにいるべきじゃない」

彼を無視して、レベッカは新婚初夜のために用意していたナイトドレスのストラップを引っぱった。

「これ、あなたのために買ったのよ。結婚式の夜、あなたに脱がしてもらおうと思って」

エンツォの呼吸が乱れた。彼女が鼻を押しつけるのが好きだった喉が神経質そうに上下する。「部屋に戻ってくれないか、ミス・フォーリー」

「あなたは私が欲しいんだと思っていたわ」ベッドに上がりながら訴える。「でも、それも嘘だったのかしら?」

彼が激しく首を振った。

「私が欲しいの？　欲しくないの？」レベッカはエンツォの膝の上にのった。「私への欲望は本物なの？　それとも嘘なの？」

エンツォの声はくぐもり、痛々しかった。「答えはわかっているはずだ」

「私が？」ナイトドレスの裾をつかむと、レベッカは頭から脱いで投げ捨てた。暗く怒りに満ちたなにかに支配されているのは心地よかった。「だったら、証明してみて」

私は新婚初夜を経験するわけじゃない。これは違う。私がこの屋敷を出たら、すべては終わりだ。今後はどんな男性にも指一本触れさせない。

たとえ触れさせたいという男性が現れたとしても、結果は目に見えている。エンツォが私に抱かせた感情のかけらでも抱かせることができる男性はいないから。私がもう真実の愛を知ることはなく、そんなふうにした彼が憎い。

この人は私をめちゃくちゃにした。彼にとって自分以外はどうでもいいのだ。

エンツォの目が陰りをおび、顔がこわばり、胸が大きくふくらんだ。レベッカは彼から目を離さずに初めて裸の胸に手を置き、うっすらと生えた胸毛を撫でた。

エンツォが息を吸って身震いした。なぜか目がさらに陰りをおび、まぶたが下りた。

彼を求める気持ちと激しい欲望がまじり合って、レベッカの下腹部がかつてないほど強く脈打った。

突然、エンツォはヘッドボードに寄りかかるのをやめ、片方の手を彼女の背中にまわした。もう一方の手で後頭部をとらえる。

「君は誰を罰しているつもりだ？」長い指がレベッカの髪に差し入れられ、唇が触れる寸前まで彼の顔が近づいてきた。「君自身か？　それとも僕か？」

胸の先がエンツォの胸をかすめ、とんでもない衝撃が彼女の体に走った。

レベッカはエンツォの頬を包みこみ、指の腹を無精ひげの生えた頬にわざと強く押しあてた。「私たち二人ともをよ」ささやく声は厳しかった。

髪にからめたエンツォの手に力がこもった。レベッカを見つめる澄んだブラウンの瞳には、燃えるように熱いなにかが渦巻いている。彼はうなり声をあげ、一瞬で唇を重ねた。キスは激しく情熱的で、喜びと同じくらい痛みも覚えた。

レベッカはたちまち夢中になった。唇を開いてエンツォの唇を受けとめ、彼の後頭部に手をやって強く抱きしめると、口づけを深め、舌をからませる。安堵《あんど》の声をあげてもよかった。こうすることが望みであり、必要だったからだ。エンツォにキスをされて胸の苦しみは消え去り、なにも考えられなくなっていた。今夜だけ、彼女はエンツォに身を任せるつもりだった。

レベッカを突き動かしていた欲望は、エンツォにも伝染していた。

彼の胸はレベッカの胸に密着し、力強い手は彼女の背中や肩を何度も撫でたあと、背中からヒップまでをなぞってまた上へ戻っていった。シルクの上掛けはまだ膝にかかっていて、その下にある興奮の証がレベッカの下腹部に触れていた。もうすぐ二人は一つになれると思うと、彼女の体は燃えるように熱くなった。

キスをやめて、エンツォがレベッカを見つめた。

「君はなんて美しいんだ」荒々しい声でつぶやき、もう一度深く情熱的なキスで彼女の全身を震わせた。

エンツォが唇を離し、頭を後ろに引いたとき、レベッカは朦朧《もうろう》とする意識の中で気づいた。この人はずっとこうするのを我慢していたのだ。前にキスをされたときに彼の目に浮かんでいた欲望など、今感じているものとは比べ物にならない。

唇と舌を使って胸を愛撫しながら、エンツォは手をレベッカのヒップの下にすべらせ、膝を立てさせて体を安定させた。胸に口づけされた彼女は声をあげ、エンツォの首に腕をまわした。彼の頭にキスをしつつ、激しい快感にうめく。官能的な刺激がもう一方の胸にももたらされるころには、いつの間にかエンツォは上掛けをどけ、レベッカをベッドに横たえていた。

エンツォに体の残りの部分をくまなく手でさぐられ、唇や舌で触れられて初めて、レベッカは本物の快楽がいかにとてつもないのかを知った。いかに細胞という細胞を興奮させ、ずっと待ち望んでいた親密なひとときに身もだえさせてしまうのかをわかっていなかった。エンツォが現れて以来、欲求不満に駆られて彼とベッドをともにする想像は何度もしていた。けれどそのときは、両手で彼女の腰を強くつかんだエンツォが脚の間に顔をうずめ、喜びに満ちたうなり声をあげるなど思いもよらなかった。

体の奥でふくらんでいた快感が頂点に達した瞬間、レベッカの頭の中は真っ白になった。大きな叫び声があがり、脚が震え、背中が弓なりになる。そして恍惚《こうこつ》の波にさらわれた。

ゆっくりとその波が引いたあとも、レベッカの鼓動は激しいままだった。ぼんやりとした意識の中で、エンツォの唇と舌がおなかへ移動したのがわかった。舌で喉をなぞってレベッカを身震いさせてから、エンツォが彼女におおいかぶさった。

まぶたを持ちあげたレベッカは、目を細くした彼の表情を見て胸がいっぱいになった。

エンツォのまなざしは、まさに新婚初夜に夢見ていたとおりだった。彼女が感じたかったこと、経験したかったことがすべて実現していた。

「あなたなんて大嫌い」息ができるようになったあと、レベッカはかすれた声でつぶやいた。

彼の顎に力がこもった。「わかっている」

そう言ってから、息もできないほどのキスをした。

エンツォの首に腕をまわし、レベッカは同じくらい熱烈にキスを返した。愛も憎しみも欲望や期待にまじっていて、胸がますます高鳴る。

長い孤独な夜、私が憧れていた瞬間はこれだった。

彼が頭を上げた。

鼻先を触れ合わせながら荒い息を吐いて、レベッカの腿をそっと広げ、次にヒップの下に手を入れて持ちあげた。その間も下腹部にはエンツォの興奮の証が触れていて、彼女の体は熱をおびた。

私の全身が震えているのと同じくらい、彼の体も震えているはずだ。

エンツォが頬に頬を押しあて、レベッカが彼をいちばん欲している場所に身を沈めた。その瞬間、自分の体が花のように開くのを彼女は感じた。

無限の気づかいとやさしさを発揮し、エンツォは慎重に時間をかけてレベッカを満たした。

彼女は目を閉じたまま、息をするのも忘れていた。エンツォと一つになった実感が途方もなくて痛みはぼやけていた。ようやく二人が完全に重なり合うと、彼はレベッカの頬と唇に口づけをした。

「しっかりつかまっていてくれ」エンツォがつぶやいた。

目をさらにきつく閉じて、レベッカはエンツォの首にまわした腕に力を入れ、両方の腿を彼に押しつけた。心臓はハチドリのはばたきのように激しく打っていた。

レベッカのヒップをつかんだまま、エンツォがゆっくりと彼女から数センチだけ離れた。それから、もう一度身を沈める。次に腰を引いたときはいっそう距離があったので、ふたたび一つになった感覚にレベッカは息をのんで目を見開いた。

エンツォの集中したように、レベッカの心臓はとまりそうだった。彼が必死に自制心を働かせているのは私を傷つけないためだ。そのことに気づくと、彼女はエンツォにキスをし、両脚を彼の体にまわした。「私を奪って」そうささやき、エンツォの顔を両手で包んでキスを深める。

「僕のいとしい人《ミ・アモーレ》」彼が唇を重ねながらうなるように言った。

エンツォの動きがしだいに速くなるにつれ、レベッカは至福の世界へいざなわれた。キスをして彼の背中を両手で撫で、その熱くなめらかな肌を堪能する。エンツォに触れたくてたまらず、想像もしていなかった切迫感に駆られていた。下腹部は先ほどと同じく脈打っていたが、今度の至福の瞬間は前以上に完璧で、喜びがほてった全身に広がっていった。途方もなく大きく純粋な快楽はさざなみとなって、彼女のあらゆる部分を包みこんだ。

のぼりつめたレベッカが喜びの声をあげてしがみついたとき、エンツォが彼女の名前を呼んだ。その瞬間の二人は一心同体だった。

8

喜びのさざなみがおさまり、ものが考えられるようになってきたとき、レベッカは目を閉じて頭のスイッチを切りたくなった。唇に触れるエンツォの温かな肌の香りや、髪にかかるゆっくりと安定した息づかいや、彼の重い鼓動を感じたくなかった。部屋に入る前と同じ怒りを抱きながらエンツォを押しのけ、彼の部屋から出ていってしまいたかった。

しかし、自身をエンツォのベッドへ駆りたてた情熱的な怒りは消えうせていた。残っているのは欲望という病に身を任せた結果のみだった。

大学時代、遠慮なんかせずに、私もパーティ好きな友人たちが楽しんでいた行為を経験しておけばよかった。目が覚めたあとで相手の名前を思い出すのに苦労はしたかもしれないけれど、少なくとも、過ちを犯したと気づいても熱い涙がこぼれるのを必死にこらえずにすんだはずだ。

今しがた経験したことは想像をはるかに超えていた。でもそんなふうに思っているのは私だけで、エンツォは違う。そう考えて、レベッカは胸が苦しくなった。

私と同じ気持ちであるわけがない。二人がわかち合ったひとときがどれだけすばらしかったとしても、エンツォにとっては肉体的な欲求以外のなにものでもなかったに違いない。私がこの屋敷からいなくなったら、彼はあっという間に私を忘れてしまうだろう。誰かを恋しく思うには、心から恋しく思うには、お互いの魂に触れなければならない。それなら、エンツォが私を恋しく思うことはないはずだ。彼にとって二人の間にある情熱は、この数カ月間実行してきた計画のおまけにすぎないのだから。

その計画は私の知らないところで進んでいた。でも、私にとっては人生のすべてだった。エンツォは私のすべてだったのだ。

今でもそうだ。自分の愛は報われなかったという事実がヘビー級ボクサーの一撃のように襲いかかってきて、レベッカは涙をこらえ、喉にこみあげてきた塊をのみ下した。

エンツォと体を重ねても心は満たされるどころか、ありとあらゆることが悪化していた。さまざまな感情がふくらんで胸が張り裂けそうな中、彼女は屋敷から立ち去る力を奮い起こそうとした。なぜならようやく理解できたのだ。必要なのは打ち砕かれた心を修復する手段ではなく、エンツォのいない人生を歩む手段なのだと。

唯一よかったと思えた点は、先ほどの我を忘れたひとときが妊娠につながらないことだった。しかしそんな楽観的な考えも一瞬しか続かず、新たな喪失感を覚えた。レベッカは数カ月前からピルを服用していた。結婚して最初の一年は二人だけの時間を過ごし、それから子供をつくると決めていた。

だから赤ん坊はできていない。二人の赤ん坊は。

私は誰の子供を持つことも未来永劫《えいごう》ないのだ。

　エンツォがゆっくりと顔をこちらに向け、レベッカの耳にキスをした。「なにか言ってくれないか？」彼がつぶやいた。

　言葉が出てこず、彼女はエンツォの首筋にさらに強く唇を押しつけてかぶりを振った。

　レベッカをかかえながら、エンツォが注意深く体を動かして仰向けになった。おかげで彼女はエンツォの上にのり、頬を彼の胸に押しつける格好になった。頭にはエンツォの顎を感じた。

　彼が片方の腕でレベッカをしっかりと包みこみ、手と手を組み合わせた。「痛い思いをしたのか？」

　レベッカは思わず組み合わされた手に力をこめた。「いいえ」かろうじて聞こえるくらいの声で答えた。痛くはなかった。あったのは至福だけだった。そのあと覚えた痛みは、すべて彼女自身のせいだった。

　エンツォがレベッカの頭に唇で触れ、そのまま動かなくなった。

　彼女はずっとそうしていてほしかった。

　願いごとならたくさんあった。けれど、どれ一つとしてかなうとは思えなかった。

　長い沈黙のあと、彼が静かに言った。「なにを考えているのか教えてくれないか？」

　レベッカは考えるより先に答えた。「私が夢みたいな期待をするようになったのは、両親の結婚生活を見ていたせいだと思うの」

「どうしてそう思うようになったんだ？」

　レベッカは硬い声で笑い、ようやく動いた。エンツォの手から離した手を胸について体を起こす。二人はベッドの片側に横たわっていた。彼女はそのようすがこれから訪れる孤独を表している気がしたけれど、胸があまりに痛くてそれ以上は考えられなかった。

ベッドの端でまるまっていたシルクの上掛けに手を伸ばして胸まで引っぱりあげ、枕に戻る。

エンツォと目が合ったレベッカは、彼に背中をあずけて肌と肌を密着させたいという切ない思いに駆られて、力いっぱい上掛けを握りしめた。「両親の結婚生活は幸せそのものだったから」

片方の肘をついて手で頭を支え、エンツォが体を横向きにした。その動きですばらしい裸体に力がこもる。離れてまだ一分もたっていないのに、レベッカは彼の心地よい感触をふたたび味わいたくてたまらなくなった。それに、どんなに努力しても見つめるのはやめられなかった。

「幸せな結婚生活など奇跡に近いと思っているのか？」

一日前だったら、〝いいえ〟と答えていただろう。エンツォに愛されていると思っていたから、生涯幸せでいられると信じていた。

「両親の間にあったような幸せはね」自分も同じものを手に入れられると思った私がばかだった。「二人はお互いに夢中だったわ。ときどき自分がおじゃま虫なんじゃないかと思うくらいに」どうしてそういう告白をしたのかわからず、身をかがめてふくらはぎをつかんだ。「父にお金を払おうとした、と祖父はあなたに言ったことがあったのよね？」

「ああ」

レベッカは眉をひそめた。そんなことをしようとしたと認める人がいる？「祖父はそうしようとしたのを恥じていた？」

「いや。お祖父《じい》さんは君の両親が悪いとしか思っていなかった」

会ったこともない祖父への怒りがレベッカの胸にこみあげた。でも、エンツォとは自分の過去を打ち明けるほど親しかった。祖父は彼をよく知っていて、信頼していたのだ。

「女にも意思があるとわかっていないなら、その人は女の敵だわ」彼女は辛辣な口調で言った。「母が大学を辞めたのは、父と別れたくなかったからよ。それが娘の選択だったのに、あの人は父が悪いと決めつけて絶対に会おうとしなかった。祖父は父を知らなかったの。勝手に偏見を持っていただけで」

「引き離そうとしたせいで二人の絆《きずな》を強くしてしまったと、レイはわかっていたよ」

「すごく傲慢だと思うわ。もし父に会っていたら、十六で学校を辞めて整備工として働いていたから娘にはふさわしくないと判断するんじゃなく、父が母を大切にしていて、母のためならなんでもする人だとわかったはずよ」

エンツォはなにも言わず、ただレベッカを見つめていた。彼に会うために初めてフィレンツェを訪れたのが、私にとって二回目の海外旅行だったことを思い出しているのだ。彼女の胸に新たな怒りの炎が燃えあがった。初めての海外旅行はフランスへの修学旅行で、両親が節約して貯《た》めてくれたお金で行くことができた。家にお金の余裕がなくてできなかったことができるようになるたび、レベッカはいつも悲しくなった。両親は住宅ローンをほぼ完済し、レベッカは学位の取得を間近に控えて経済的に自立しようとしていた。両親はまだ若かったので、何十年もかけて世界じゅうを旅するつもりだった。

「経済的には大変だったかもしれないけれど、両親は私に不自由させたことがなかったし、幸せだった。離婚するんじゃないかと思ったことなんて一度もないわ。二人はお互いに献身的で、毎日一緒にいた。相手がそばにいないと安心できないみたいだった」

レベッカは目を閉じた。だから私はエンツォを求めてやまず、彼に触れていてほしいと思ってしまうのかしら？　その気持ちはエンツォに触れたいという思いと同じくらい強かった。だから両親の結婚生活のように、二人の結婚生活も幸せなものになると信じていた。私がエンツォの妻になるために仕事を辞めたのは、母が大学を辞めていたからだったのでは？　ずっと両親の結婚生活が理想で、ロマンティックだと思っていたから……。

「かわいい人《カーラ》？」

レベッカはまばたきをしてエンツォを見た。彼のまなざしは心配そうで、胸を締めつけられた。しかし視線をそらし、手の爪と同じダークチェリー色にぬられた足の爪に意識を集中させる。これまでそんな大胆な色は好きではなかったけれど、エンツォと一緒にいると勇気を出してもいい気がしたのだ。違う自分になれると思えた。

「私、あなたとの結婚に対してばかみたいな期待をしていたの」レベッカは小さな声で言った。「ずっとあなたみたいな人が私のような女に興味を持つわけがないと思っていたけど、あなたは私でもいいんだと信じさせてくれた。それに、両親から聞かされて育ったおとぎばなしもあった。町のお金持ちの少女が、町の反対側に住む貧しい少年を好きになるという話よ。だから、私とあなたもそうなると思っていたの。両親みたいな結婚ができて、誰かにとって大切な人になれるって。もう――」

もう、なに？　レベッカは我に返った。無意識に口にした言葉のせいであとが続かず、混乱する。もう、なんなの？

「もうのけ者にはされない、かな？」彼女が言葉にできずにいると、エンツォが静かに口を開いた。

心臓が肋骨《ろっこつ》にぶつかったに等しい衝撃が体に走り、レベッカははじかれたようにエンツォを見た。「どうしてそんなことを思いついたの？」

彼がベッドの上で体を起こした。ブラウンの瞳を鋭く輝かせながら、腿をレベッカの腿に押しつけて手を握る。「どうして自分をおじゃま虫だと感じていたんだ？」

レベッカはエンツォの男らしい体と、自分の華奢《きやしゃ》で女らしい体の違いを実感するのが大好きだった。今も月明かりが二人を照らしていて、彼女は初めて自分の肌の白さがエンツォの肌のオリーブ色とは対照的なのに気づいた。一日前ならそのことに感嘆し、喜んでいたに違いない。しかしとうてい理解できない理由から、心には新たなひびが入っていた。「ただの言葉のはずみだわ」

「意味がないなら言わなかったはずだ。自分をよけいな存在と思っていたんじゃないのか？」

頬が熱くなって、レベッカは激しく首を振った。

「いいえ、両親は私を愛してくれていたわ。二人の愛を疑ったことはない」

「だが、その愛は両親が互いに抱いている気持ちほどではなかった？」

心臓がもう一度肋骨にぶつかった気がして、彼女はエンツォの手を振り払った。「なんてひどいことを言うの」

彼の鋼鉄のように厳しい視線には思いやりもこもっていた。「カーラ、僕は理解したくて――」

「あなたに理解なんか……」続けようとしたけれどパニックに近い感情がこみあげてきて、それ以上言葉が出てこなかった。

「理解したいことなら山ほどある」まとまらなかったレベッカの考えを完全に読み取って、エンツォが言った。彼が顔を近づけているので、虹彩《こうさい》の金の斑点さえ見ることができた。口調もまなざしと同じくらい力強かった。「君に僕の心や頭の中をのぞけたら、僕のような男がなぜ君を求めるのかという不安に、なんの根拠もないのがわかるはず——」

エンツォの言葉を聞いて、レベッカはこみあげるパニックを抑えつけた。皮肉をこめた笑い声をあげて、彼が続けようとするのをさえぎる。「エンツォ、忘れたの？ あなたみたいな男性がなぜ私のような女を求めるのかなら、よくわかっているわ。あなたは祖父の会社の株を手に入れるために、私に近づいたんでしょう？」

「株はきっかけにすぎない。君を失うことを恐れていなければ、僕はずっと前に真実を話していたよ」

エンツォが言い返そうとするレベッカの唇を指でなぞった。瞳の金の斑点は炎そっくりだ。「僕たちの関係が終わりなのはわかっている。あと数時間で、君は僕の前から永久に姿を消してしまうだろう。君をとめるつもりはない。約束は守るが、今こんなことを言っているのは君が僕にふさわしくないと思っているからなんだ。不安があってもなくても君は僕を大聖堂に置き去りにして罰しただろうが、不安をかかえていなければ僕の気持ちを疑いはしなかったんじゃないか？ その感情はどこからきているんだ？」

レベッカは唇をなぞるエンツォの指をつかみ、どける代わりに強く握った。「いい質問ね。成績表になにか書くとしたら、〝想像力が豊かなのはいいけれど、非現実的な妄想はほどほどに〟と書いたと思うわ」

エンツォが目を細くし、長い間彫像のようにじっと彼女を見つめた。

胸の中では感情が激しく乱れて渦を巻いていたものの、レベッカは全力を尽くして彼と視線を合わせ、顔をそむけまいとした。

次の瞬間、エンツォが信じられないほどすてきな笑みを浮かべ、かすかに頭を振った。「もし僕が君の心を変えたいと願ってこんなことを言っていると思っているなら、そのとおりだ。カーラ、君は僕にとってなによりも価値がある。信じてくれるなら、僕が持っている株を差し出してもいい」

話題が変わって安全な内容に戻ったことにとてつもなくほっとし、レベッカはほほえんだ。エンツォがもう少し会話を楽しみたいというなら、それでもいい。私について詳しく分析されるよりはましだ。

「じゃあ、そうして」

彼の右の眉が上がった。「君はレイの会社を自分のものにしたいのか？」

「いいえ、そうじゃないわ。どうしたらいいかはわからないけど、株を全部渡してもらったら、あなたが欲望以外の気持ちを抱いていると私も信じられるんじゃないかと思うの」レベッカは今の状況を歓迎していた。冷静でいられているし、頭の中の混乱もおさまり、動揺も静まっている。

エンツォの目に輝きが宿り、セクシーな魅力が顔全体に広がった。レベッカはベッドをともにした余韻にうずいている場所が熱をおびるのを感じた。

声を落とし、さらに顔を近づけて、彼が官能的に語りかけた。「そうすれば君は、僕の欲望も偽りではなかったと信じてくれるんだね？」

彼女の下腹部のうずきが勢いを取り戻した。エンツォの手をつかむのをやめて手を重ね合わせ、突然口の中にわいてきた唾をのみこんで言った。「欲望なら、あなたはとても上手に証明してくれたわ。ありがとう。もし〈クラフリン・ダイヤモンド〉の株を残らず私に渡して、あなたの気持ちが本物だったと証明したいのなら、どうぞそうして。ビジネス界の大物になるのもいいわね。犬の保護団体に全額寄付するのもすてきだけど」

エンツォがレベッカの指を握りしめ、いっそう目を輝かせた。「僕と結婚してくれれば、ビジネスで得た利益はすべて君に渡すよ。君はその利益を使って最悪のことをすればいい」

熱い興奮が全身を駆けめぐる中、レベッカはさらにエンツォに顔を近づけた。「ニューヨークにあるアパートメントとプライベートジェットもそこに入れてくれる？」

彼がうなずき、視線をレベッカの唇にそそいだ。

「なにもかも君のものだ。一つ残らず」

興奮のあまり、彼女はしばらく言葉を失った。

「そんなことを言うのは、私が受け継ぐ株が欲しくてたまらないから？　それとも私をばかだと思っているの？」

「いいや、カーラ、君を僕のそばに置いておくためだ」エンツォが唇でレベッカの唇を愛撫《あいぶ》した。

彼女は思わずうめき声をあげた。彼の目は暗い欲望の泉のようで、うわずった声でささやくのがやっとだった。「あなたの成績表に〝一生懸命《トゥー・ハード》すぎる〟って言葉も追加しなくちゃ」

エンツォがレベッカの手を自分の高ぶった下腹部に触れさせた。「こわばっている《トゥー・ハード》のはここだよ」

レベッカは目を見開き、本能的にエンツォのベルベットのような興奮の証《あかし》を手で包みこんだ。

彼が身震いし、レベッカのヒップに手を伸ばして荒々しく言った。「こうなったのは君のせいだ。否定はできないだろう」そしてキスをして舌を差し入れた。

それ以降、二人の間に会話はなかった。

レベッカが目を覚ましたとき、部屋はまだ暗かった。隣ではエンツォが顔をこちらに向け、手を彼女のおなかに置いて横たわっている。その深い息づかいから、熟睡しているのがわかった。しかし、レベッカは少ししか眠れなかった。

涙をこらえるために深呼吸をしようとしたけれど、胸が苦しくてできなかった。新鮮な空気が必要だった。頭の中の考えや感情でふたたびパニックに陥る前に、このベッドから逃げ出したかった。

必死に息をする努力をしながら、レベッカはベッドから這《は》い出ると、脱ぎ捨てたナイトドレスを頭からかぶって静かに部屋を出た。廊下で涙をぬぐい、暴れる心臓のあたりに手をあててなんとか肺に空気を送りこもうとする。

自分の寝室のベッドは一度身を投げ出したせいで乱れていた。スーツケースは開いたまま、中身の半分が周囲に乱雑に散らばっていた。

こぼれる涙をふき、彼女はスーツケースからガウンを取り出して羽織った。前をきつくかき合わせ、情熱的だったエンツォの愛撫を思い出すと、脚から力が抜けた。

昨夜は人生最高にして最悪の夜だった。

自分を責めても意味はなかった。進んで彼のベッドに行ったのだから。

しかし、その決断がすばらしい結果になるとは夢にも思わなかった。エンツォは何度もレベッカをのぼりつめさせ、そのすさまじい喜びに彼女はなにも考えられなかった。もし心のスイッチを切ることができたら、すぐにでもエンツォの部屋に荷物を運び、目を覚ました彼に、二人の間にある情熱が消えるまでベッドをともにしつづけてほしいと懇願していたはずだ。その要求に対するエンツォの反応を想像しただけで、体を重ねたばかりとは思えないほどの興奮が押しよせてきた。

けれど、心のスイッチを切ることはできなかった。キスをするたび、愛撫されるたび、のぼりつめるたびに、レベッカはエンツォに絶望的な恋をした。決して報われることはないのに。彼は私を愛していないのだから。

なにを考えても無駄だ。頭を切り替え、ありもしない幸せを望むのはやめないと。

静かに厨房《ちゆうぼう》に向かったレベッカは、内線電話で当直の使用人を起こし、飲み物を用意させようとは考えもしなかった。ドアの横にあるスイッチをつけると、まばゆい明かりにまばたきをしながらコーヒーがある食器棚に向かった。

棚の扉を開けたとき、彼女はどきりとした。

ふたたびまばたきをしながら、コーヒー豆の入った大きな袋の隣に置かれた長方形の箱に手を伸ばした。それは光のいたずらでもなんでもなかった。一瞬にして、レベッカの心はパンクしたタイヤを交換してくれたすてきなイタリア人男性に飲み物を飲もうと誘われたときに戻った。あのときはエンツォと一時間過ごすと思うとめまいがしたものだ。エンツォがテーブルへ案内してくれる途中、彼女は業務用のコーヒーマシンの横に、好きなブランドのティーバッグを入れた透明な瓶が整然と並んでいるのを見つけた。そのとたん、ホットチョコレートを飲もうと思っていた彼女は心変わりをした。いつも飲む紅茶の五倍も高価な目の前のブランドの紅茶を、毎年誕生日がくると自分へのプレゼントとして買っていたからだ。注文をきかれたとき、大好きなブランドの紅茶を見たのが本当にうれしくて、エンツォに話をした記憶があった。そして彼の顔に見とれ、これ以上いい日があるかしらと思いつつ、紅茶を飲んだのだった。

エンツォはホテルのバーでの出来事を覚えていたに違いない。あの日以来、レベッカは紅茶の話をしたことがなかった。三日前に自分で飲み物を用意したときは、この棚にティーバッグの箱などなかった。

つまり誕生日に私を驚かそうとして、エンツォが買ってきてくれたのだ。

9

ティーバッグを見つけた驚きで呆然《ぼうぜん》としながら、レベッカは紅茶をいれたマグカップをルーフテラスまで運んだ。最後にここに来たときは真夜中で、エンツォと一緒だった。そのときはロマンティックなランプの光が二人を導いているように見えた。今は早朝で、オレンジ色の光が地平線を明るくしていた。太陽がのぼろうとしているのだ。

屋敷の外壁のまわりに咲いている花の甘い香りを吸いこんで、敷地の正面を見おろした。目を凝らすと、オートロックの門の向こう側にまだ張り込みをしているパパラッチや記者たちがいて、気持ちが沈んだ。ほんの半日前までは、エンツォを破滅させるために必要な情報を残らず彼らに渡そうと固く決心していた。しかし、もはやそうしたい気持ちは消えうせていた。彼の腕の中で天国を知ってしまった今はとても無理だ。

エンツォを傷つけることは子犬を蹴るのと同じだから。

でも、ここにとどまっていたら私自身が破滅してしまう。

エンツォの屋敷は丘の上にあるので、目の前にはお金で買える最高の景色が広がっていた。レベッカはルーフテラスにある白いソファでまるくなり、フィレンツェの街に朝日がのぼるのを眺めた。

プロポーズをした翌朝、エンツォは彼女を早い時間に起こし、ルーフテラスへ来て景色を楽しもうと誘った。そして、えくぼを頬に浮かべてこちらの反応を見ていた。

彼は私とこの景色を共有したかったのだ。自分と同じように目の前の日の出を愛してほしかったに違いない。

突然、美しい朝日に呼び覚まされた思い出に耐えられなくなり、レベッカはガウンのポケットから携帯電話を取り出した。気をまぎらすため、ついに電源を入れる。

たくさんのメッセージがきているとは予想していたけれど、それ以上だった。家族や友人、小学校の元同僚はもちろん、ここ数年ほとんど思い出しもしなかった人までメッセージを送ってきていた。どのメッセージも内容はだいたい似通っていた。

〈なにがあったの?〉

〈大丈夫?〉

〈無事だと知らせてください〉

〈電話して〉

〈問題ないと教えて〉

深呼吸をしたレベッカは、まず伯母といとこたちに返信しはじめた。

〈私なら大丈夫。会ったら全部説明するわね〉

本当に? 本当にそんなことができるの? 人生の大恋愛と、そのきっかけになったロマンティックな物語がすべて嘘《うそ》だったと打ち明けられる? お金になると思った誰かがパパラッチに密告して、エンツォを危険にさらしたりしない?

レベッカはもう少しで笑いそうになった。エンツォを危険にさらす心配をしているですって? まじめな話、私ったらどれだけお人よしなの? 彼のために嘘をつくつもりはない。自分でまいた種は自分で刈り取るべきで、エンツォを守ってあげる必要はない。彼には噂《うわさ》をもみ消せる高慢な弁護士を雇う余裕があるのだから。気に入らない話の暴露を阻止したいとき、お金持ちはそうするでしょう?

それでも私が結婚式から逃げ出した事実を報道されないために、エンツォにできることはなにもない。

理由をつけてやめてしまう前に、レベッカはイギリスでもっとも売れているタブロイド紙の名称を携帯電話の検索バーに入力した。

そのトップページが画面いっぱいに表示されると、〝裏切られた大物宝石商！〟という見出しが目に飛びこんできた。下には二枚の写真がある。一枚はレベッカがヴェスパの後ろに乗るぼやけた遠景の写真。もう一枚は、大聖堂の階段で遠くを見つめるエンツォのアップだった。きっと花嫁をさがしていたのだ。彼の整った顔立ちにカメラも見とれているようだった。しかしエンツォのまなざしは厳しく、目を凝らせば苦悩が見つかる気がした。

レベッカは画面を見ていることができず、表示されたページを閉じて大きく息を吸った。

私はなんてことをしたの。

ちょっと待って。お人よしがすぎて、悪いのはエンツォだということを忘れてしまったの？　もしエンツォが最初から祖父の遺言状について真実を話してくれていたら、私は結婚式から逃げ出したりしなかっただろうし、復讐心《ふくしゅうしん》に燃えながら大聖堂へ行くこともなかったはずだ。

それに、もし祖父の意地の悪い策略にあまりに腹をたてていたから私とは話したくなかった、というエンツォの言葉を信じるなら、彼が私についてなにも知らなかったという言葉が正しいなら、なぜ高慢な弁護士にお金を払って私と話をさせなかったのかしら？　弁護士とはそういうことをするのが仕事なのではないの？　そうすれば障害を取り除けたのでは？　最大の障害とは祖父の遺言状そのものだったのだから隠してしまえばよかったのに、なぜしなかったの？

一般人だったら隠せなかっただろう。でも、エンツォには最高の弁護団を雇える余裕があった。もし彼が弁護団を差し向けていたら、私は手も足も出なかったはずだ。

レベッカの背後で人の気配がした。振り返ると、ルーフテラスの階段のところにエンツォの起き抜けの乱れたダークブラウンの髪が見え、彼女ははっとした。少しずつ姿を現した彼は、黒い水着だけを身につけていた。

エンツォとは何度も朝を一緒に過ごしてきたけれど、服を着ていない彼を見たのは今日が初めてだった。そしてこれが最後になる。

レベッカは唾をのみこみ、挨拶をしようとほほえみを浮かべた。目の前の男性のもとから立ち去るには全力を出す必要があった。

深呼吸をしてから、エンツォが彼女を見つめた。えくぼが一瞬だけ頬に現れて消える。「景色を楽しんでいるかい、ミス・フォーリー？」

エンツォの胸に、レベッカは視線をやった。心臓は激しく打っていた。「ええ、すごく」

目を輝かせたエンツォがレベッカの隣の椅子に座り、長い脚を投げ出して雲一つない空の下に広がるにぎやかな色をした生まれ故郷の街を眺めた。「お祖父《じい》さんの流動資産はすべて君に譲渡された。レイの家も君のもので、株は数時間以内に君の名義になる。明日になって銀行が開けば、好きな場所から景色を眺められる大金持ちの誕生だ」

先ほどまで株という言葉を聞いただけで燃えあがった怒りが、今はかけらも見つからなかった。これが二人の関係の終わりの始まりだと悟ったから？　それともタブロイド紙の見出しが目に焼きついていて、自分が引き起こしたスキャンダルに罪の意識を感じているから？　もしかして半裸のエンツォの隣にいるせいで胸がときめいているから？　理由はどうであれ、嵐のような憤りはどこにもなかった。

これ以上は言い争いたくなかった。

レベッカは明るくなってきた空に向かって顔を上

げた。残りの人生も朝目覚めたらこの空を眺めたい、とは願わないようにする。「なにももらうつもりはないわ。株のこともきかないでね。どうするか考える時間が必要なのに、あなたの隣にいるとちゃんと考えられないの。でも、ほかの財産はいらないわ」

〈クラフリン・ダイヤモンド〉の株は一人になってから解決したかった。しかし株をどうするとしても、エンツォを攻撃する材料にする気はなかった。たとえ、彼がなにをされてもしかたないことをしていてもだ。

エンツォは長い間黙っていた。「君が拒絶したい気持ちはわかるが、性急な決断はしないでくれ」

「祖父は母に、祖母が亡くなったと伝えなかったの。あなたは知っていたの？　母は自分の母親が亡くなったのを、偶然知ることになったのよ。それがどんなにショックだったか、想像できる？」母親は深く傷ついていた。「そんな苦しみを与えた人のお金なんて持っていたいわけがないでしょう？」

また長い沈黙が流れた。「僕には、今の君は感情的になっているとしか言えない。怒りや裏切られたという感情に我を忘れ、僕と同じ過ちを犯して後悔するはめにはならないでくれ。僕のいる世界に圧倒されることもあっただろうが、君は新しい国で新しい経験をして幸せそうでもあった。もといた狭い世界に本当に戻りたいと思っているのか？」

「あそこは狭くはなかったわ」レベッカは反論した。

「僕の世界に対する君の反応からはそうは思えなかったが。かわいい人《カーラ》、君の両親も同じだったんじゃないかな。二人には世界を旅してまわる計画があったと、君は言っただろう？　彼らは君の大学卒業と、住宅ローンの完済を待っていたと」

「旅行は両親の夢であって、私の夢じゃないわ」

「遺産があれば、君はなんでもできる」エンツォが率直に言った。

「私に住宅ローンはないわ」現在、受け取っている家賃は家の借家契約が終了してふたたび住むことができるようになるまで、どこかを借りるための費用にすればいい。

とはいえ、すべての借金から解放されるには両親の命が必要だったという事実は、なんとも悲しい皮肉だった。そこまで考えてレベッカは気づいた。昨日、エンツォと株について話していたときの心の痛みはもはや消えていた。長く引きずると思っていたのに、今は耐えられる程度になっている。ちゃんと考えられる程度に。

早朝の静寂を破って、遠くで車のクラクションが鳴った。その音を聞いたレベッカは、大聖堂から逃げ出したとき、乗せてくれた若者が前にいる歩行者に向かってクラクションを鳴らしていたことを思い出した。

エンツォに顔を向けてほほえみかけた。「あなたはヴェスパを盗んだんだったわね」

エンツォの口角が上がった。「そうだ。配達中の若者からキーを奪った」椅子に座ったまま体の向きを変え、前かがみになってレベッカの耳を指でなぞる。「君が僕を犯罪者にしたんだぞ」

軽い愛撫《あいぶ》による喜びに身を震わせたものの、彼女は眉をひそめた。「あなたを犯罪者に？　本当なのかしら？」

彼が首を振り、レベッカの髪を指ですいた。「配達中の若者には連絡して、不便な思いをさせた慰謝料とヴェスパの代金を送ってある」目が輝き、えくぼがふたたび現れる前に、しばらくの間真剣な顔で彼女を見つめる。「外へ出かけないか？」

「出かける？」レベッカは繰り返した。

「ヴェスパは僕のものになったから乗ってみようじゃないか。イギリス人の君の繊細な肌には日差しが強くなりすぎる前に、朝の時間を楽しもう」

エンツォにからかわれてレベッカは口元をほころばせたものの、胸は締めつけられていた。二人はこうやってしょっちゅうお互いをからかっていた。これから七時間かそこらで、もうそんなことはなくなる。二度とからかい合うことはないのだ。

「記者やパパラッチはどうするの？」

えくぼが深くなり、彼が顔を近づけてレベッカの耳元でささやいた。手はガウンの下にすべりこみ、ナイトドレスの上からヒップに触れている。「秘密のルートがあるんだ」

その感触と肌にかかる息に、レベッカはまた身を震わせた。胸がエンツォの胸と同じ高さになるよう伸びあがって二人の間のわずかな距離をつめ、唇と唇が触れ合うまで顔を上げる。「初めて聞く話だわ……」熱くとろりとしたものが体の奥に生まれるのを感じながら、彼女はつぶやいた。

エンツォが歯でレベッカの唇をやさしく引っぱると同時に指をヒップに強く立てた。それからさらにシルクのナイトドレスの下に手を潜りこませてむき出しのヒップを包みこんだ。

「そこは車では通れないんだ」エンツォの声はかすれ、ざらついていた。彼のもう片方の手も小さな背中にまわされたあと、下へ向かってヒップをとらえた。「だが、ヴェスパなら通れる」

次の瞬間、レベッカは椅子から持ちあげられ、エンツォの膝の上にいた。興奮の証《あかし》が水着を押しあげている場所に、彼女は手を伸ばした。

ベッドをともにしていてろくに眠っていないのに、どうしてまだこんなにエンツォが欲しくてたまらないのかしら？

しばらくして水着が引きおろされた。そのとたん、レベッカは考えるのをやめた。

フィレンツェの人々が目を覚まして動きはじめる

ころ、レベッカとエンツォは屋敷を抜け出した。日曜日の朝寝坊を楽しむ人でなければ誰でも、今日も美しい夏の日の光景に目を見開いたはずだ。けれどレベッカは、自分がいちばん感動しているはずだと思った。

時刻は午前七時だった。たった一時間しか眠っていないのだからくたくたでもおかしくないのに、レベッカの肌には張りがあり、心は浮きたっていて疲れたようすはどこにもなかった。屋敷の敷地内にあるレモンの木々の間を走り抜けるとき、レベッカは彼の腰に軽く手をまわし、ゆっくりとのぼる太陽に向かって顔を上げた。これから二人で過ごす時間を最大限楽しもう。これ以上傷つくことはありえない気がするし、今はエンツォへの愛が最高潮に達しているから。彼と別れても別れなくても心の傷は同じなら、これからの六時間、一人で部屋に閉じこもっていてもしかたない。

狭い小道を二、三分進んだあと、二人は敷地の境界にある小さな門にたどり着いた。エンツォが暗証番号を打ちこんで門を開けてからは、砂埃《すなぼこり》を巻きあげながら道を走り、やがて報道陣が張りこんでいる幹線道路に出た。まもなく、二人は彼らに気づかれることなく屋敷を遠ざかっていった。

道にはほとんど車が走っていなかったが、街の中心へ進むにつれて人の姿がめだちはじめた。夜に捨てられたごみを掃いている清掃員たち、ベビーカーに乳幼児を乗せた若い親たち、犬の散歩をする人たち、夜通し騒いでいたパーティから帰る若者たちなどなど……。昨日のヴェスパの若者たちとは違って、エンツォは街を常識的な速度で走っていた。もし私を後ろに乗せていなかったら、彼はヴェスパを最大速度で走らせていたはずだ、とレベッカは思った。

いれたてのコーヒーの香りが鼻孔をくすぐって、彼女はヘルメットを取りたくなった。エンツォの背中に頬を寄せ、目を閉じて彼の香りと、この美しい街の香りを楽しめたらいいのに。でも、ヘルメットを取ったらエンツォに激怒されるはずだ。ヴェスパにヘルメットが一つしかないとわかると、彼は私がかぶるべきだと言って譲らなかったから。ヘルメットをかぶっていないせいでエンツォが検挙されたら、結局、罰金を払うはめになるのに。

川を渡った二人は、今まで訪れたことのない街の一角にいた。広大な広場からほど近い道を曲がり、日曜日でなければ色とりどりの日よけの下にチーズやハムや果物や野菜が並べられているはずの、さまざまな食料品店が並ぶ狭い通りを進んでいく。

エンツォが、屋外にも席がある開放的なコーヒーショップのそばでヴェスパを二台のバイクの隣にとめた。それからレベッカが降りるのを手伝い、笑顔でヘルメットのストラップをはずして頭から取る。するとレベッカはすぐに髪に手をやって直した。その見た目を気にするちょっとした仕草に彼はにっこりし、レベッカの髪をくしゃくしゃにした。

「やめてちょうだい」彼女は叱りつけ、膝丈のオリーブグリーンのワンピースをなでつけた。

エンツォの目が輝いた。「僕にさせてくれ」

レベッカが精いっぱい教師らしい顔をすると、彼が白い歯を見せて笑った。

席についてからもエンツォは笑っていて、寝起きの腫れぼったい目をした店員が注文を取りに来たときもえくぼがめだっていた。不思議なくらいうきうきしながら、レベッカもほほえんだ。こんなに早朝の太陽の光を浴びたり、周囲を意識したりしたことはない。まるでカフェインが注入されたかのように五感が研ぎすまされ、エンツォのコロンの香りから彼の美しい体を包むしゃれたカーキ色のショートパンツや黒のTシャツまでが、くっきりと鮮明に見える。パンくずをつつく鳩《はと》や雑踏にいる人々も同様だ。

日曜日の早朝に屋外にいるカップルが、ヨーロッパじゅうのメディアに追われているとは誰も思わないだろう。もし二人の正体に気づかれたとしても、ヴェスパに乗ってまたどこかへ行けばいい。

朝食が運ばれてきて、二人ともペストリーまで食べおえたとき、エンツォが受け取ったメッセージを読んでいた携帯電話を置き、手でひさしを作った。日差しは厳しさを増し、今日も暑い一日になりそうだった。彼は顎で道の反対側にある五階建ての黄色い建物を示し、もの思いにふけるような声で言った。

「僕はあそこに父と住んでいたんだ」

思いがけない告白に驚き、レベッカはエンツォの表情を読み取ろうとした。しかしあきらめて、彼が子供のころに暮らしていたという建物をさがした。

「どれがそうなの？」

「真向かいだ。ピザ屋の上の三階だよ」

レベッカは手すりの間から鉢植えが見えるバルコニーを数えた。

「ピザ屋は子供のころは青果店だったんだ。毎朝、祖父母のところへ行くときに、店主がリンゴをくれたものだよ」

彼女はエンツォの祖父母に会ったことがなかった。

「お二人の家はどこだったの？」

「花屋がある建物があるだろう？　その上だ」そこのバルコニーには洗濯物が干してあった。「祖父母が住む建物の庭が僕の遊び場だった。狭かったが、すべり台やブランコがあって、ほかの子と取り合いをしては遊んでいたよ」

レベッカは目を閉じ、ゆっくりと息を吸った。意志の力を総動員させて、小さなエンツォがすべり台で遊ぶところを想像しないようにする。二十四時間前まで、エンツォが人生の最初の六年間を父親と暮らしていたことを私は知らなかった。

エンツォの母親が祖父の遺言状のコピーを届け、

世界が一変してから、あと数時間でちょうど一日になる。「なぜ私に見せてくれたの？」

「君が出ていく前に、僕がどういう育ち方をしたのか知ってほしかったんだ。それに父には借りがある。僕の人生に果たした父や祖父母の役割を過小評価したのは間違いだった。そのことも後悔しているんだ」

エンツォが皮肉めいた笑みを浮かべ、ため息をついて幼いころの家を見つめた。

「バルコニーの手すりによじのぼろうとした僕を叱る声や、筆を洗うのに使ったテレビン油の匂いはまだ覚えている。だが、父の顔はとっくの昔に忘れてしまった。心に焼きつけようと一時間も写真を見ても、次の日には忘れているんだ。僕は自分の目的のために父や祖父母をないがしろにして生きてきた、という事実を受け入れなくてはならない」彼が顔をしかめた。「祖父母は結婚式の前に何度も君に会いたいと言ってきた。なのに、僕は言い訳をして会わせなかった」

「お二人があなたの幼いころの話を私にするかもしれなかったから？」

「そうだ」エンツォの目には燃えるような自責の念が浮かんでいた。「母と暮らすようになってからはほとんど会わなかったが、六歳になるまで二人は僕の中で大きな存在だった。祖母は毎日学校に迎えに来てくれたし、大好物のメランザーネ・アッラ・アラビアータを作ってくれた」

しばらくしてレベッカは気づいた。彼はよく食べているナスとトマトソースの重ね焼きのことを話しているのだ。

「君の家族のように父や祖父母も金には苦労していたが、僕は腹をすかせたこともなければ、寒い思いをしたこともなかった。人生の最初の六年間についていちばん覚えているのは、安心していられて幸せだったということだ」

レベッカはなにも言えなかった。母親が出産直後に自分を捨てたことについて語ったときと同じで、エンツォは淡々と話している。その口調は同情もつまらないあいづちも期待していなかった。

彼はなにも言われたくないだろうが、最初の六年間しか安心していられず幸せでなかったと思うと、レベッカは胸が痛くなった。

そして、自分の犯した過ちを認めたエンツォに敬意を抱いた。

カプチーノを飲みおえて、彼女は考えこんだ。エンツォは誰よりも明晰《めいせき》な頭脳と信念を持っているのに、どうして私をだまして結婚しようとしたの?彼には〈クラフリン・ダイヤモンド〉なんて必要ない。あれだけの財力があるなら、地球上にあるすべての国に人工ダイヤモンドを造る工場を建てられるはずだ。

レベッカが質問する前に、エンツォが口角を上げ、手を伸ばして彼女の唇をぬぐった。

「カプチーノで口ひげができていた」彼がにっこりして、泡をぬぐった指を口に入れた。

なぜそんなちょっとした仕草が、二人がベッドにいた間にしたすべてよりも親密に感じられるのか、なぜそのせいで切ない気持ちに駆られたのか、レベッカには説明がつかなかった。

「あなたっていつも紳士なのね」彼女は軽く言った。

「そのとおり」エンツォが手を差し出した。「ではミス・フォーリー、もう一つの見せたい場所へ行こう」

「お母さまがあなたを引き取った家かしら?」

彼がテーブルに身を乗り出し、レベッカにキスをした。「君は鋭いな」

10

エンツォの子供時代を知るために二番目の目的地へ向かう間、交通量は明らかに増えていた。それでも、平日や買い物でにぎわう土曜日よりはずっと少ない。最初の目的地へ向かうときと同じ速度を守りながらも、エンツォは巧みに渋滞をすり抜け、父親が亡くなるまで住んでいた地区よりも明らかに瀟《しょう》洒《しゃ》な地区にある建物の前でヴェスパをとめた。最初の地域が庶民的とすると、目の前の地域はいかにも富裕層が好みそうだ。エンツォがヘルメットを取ってくれたとき、レベッカはきいた。「前にもヴェスパに乗ったことがあるの？」

彼の頬にえくぼができ、白い歯がのぞいた。「十八になったとき、初めて買ったのがヴェスパだったんだ」

「そうだったの？」

「母の反対を押しきってね」

「反対されたから買ったの？」

「たしかに母には反対されたが、それだけが理由じゃない」

「女の子のため？」

エンツォがレベッカの鼻をつついて笑った。「君は本当に鋭いな、ミス・フォーリー」そして彼女の手を取り、オーク材の玄関ドアへ案内した。こちらが手を伸ばす前から、ドアは魔法のように開いた。

中は外観よりもさらに瀟洒で、白と金で統一されたエントランスには、ドアを開けてくれたに違いない厳しい表情をした黒髪の女性がいた。彼女はエンツォには笑顔で挨拶し、イタリア語で話しかけた。あまりに速くてレベッカには理解できなかったけれど、エンツォは同じ速さで返事をし、あっという間に彼女をエレベーターに乗せた。

「あなたが暮らしていた部屋へ行くの？」レベッカは尋ねた。

彼がボタンを押した。「母はまだそこを所有しているんだ。父の部屋も見せてあげたかったんだが、賃貸だったし、今の住人が日曜の朝に見知らぬ人に起こされ、〝中を見せてくれ〟と言われて喜ぶとは思えなくてね」エレベーターの扉が閉まると言葉を切り、謎めいた表情を浮かべてからかぶりを振って荒々しい笑い声をあげる。「今の僕は君をどう紹介すればいいのかわからないし」

レベッカは視線を結婚指輪をつけるはずだった自分の指にそそぎ、婚約指輪の重みを恋しく思った。エンツォに手を握られているのが怖くなり、振りほどいて自分を抱きしめた。

「好きに紹介して」彼女は思ったより軽い調子で言った。「私は四時間後にはいなくなるんだし、なんと言われても気にしないわ」幸い、その発言に対するエンツォの表情は見えなかった。エレベーターの扉が開き、ドアが二つある空間へ先に出たからだ。

エンツォが左側のドアの横を親指で押した。ランプが緑色に変わり、ドアが開く。

急に緊張して、レベッカは足がすくんだ。「お母さまはいないのよね？」

「いたら来なかった」彼が短く答えた。

「まだ連絡を取っているの？」どこにいるのか知っているならそうしているはずだ。

「母とは僕にかかわるなと言ったきり、連絡は取っていない」

「許すつもりはないの？」

「絶対に許さない」

「そのうち許すんじゃない？」

澄んだブラウンの瞳が突然、レベッカを見つめた。

「君は僕を許せるのか？」

心臓がどきりとした。「それとこれとは違うわ」

「そうかな？　君と一緒に過ごせる日がまたくると、僕が自分に嘘《うそ》をついていると思うか？　母と僕の関係は、君と僕の関係と同じで修復不可能だ。君が許してくれるとは思ってないよ、かわいい人《カーラ》。ただ君がフィレンツェをあとにするときには、身勝手極まりない仕打ちを僕が死ぬまで後悔すると知っていてほしいんだ。それでも母は許せない。母は復讐《ふくしゅう》のために息子を裏切った。最悪の窮地に僕を陥れたんだ」

レベッカは唾をのみこんだ。「あなたが人前で恥をかくとわかっていたから？」

エンツォの緊張した顔にゆがんだ感情が表れた。彼は目を合わせず、笑顔になった。「こっちだ、ミス・フォーリー、案内するよ」

正直であるよう要求して以来、エンツォが答えるのを避けたのは初めてだった。しかし、レベッカの直感は〝詮索してはだめ〟と警告していた。

軽く深呼吸をして、彼女はエンツォのあとからアパートメントへ入っていったけれど、突然視界がまぶしくなってまばたきをした。

「ここに住んでいたころから、かなり部屋のようすは変わっているの？」

「それほどでも」声はさっきまでの明るさを取り戻していたが、レベッカは刺々《とげとげ》しさを聞き取った。「色彩設計は昔から変わっていない」

色彩設計？　彼がそんな用語を使うなんて。

シルヴァーナのアパートメントは基本的に、彼女の邸宅を小さくしたようだった。カーテンやクッション、大理石の床、壁にかけられた数点の絵画の額までのすべてが白で統一されている。絵画自体の色も淡い。色と呼べる唯一のものは窓から差しこむ太陽の光のみだ。エンツォの屋敷もなにもかも新品同然に見えたが、あそこは色彩と温かみにあふれていた。宮殿並みの広さと壮麗さにはレベッカもいったんは衝撃を受けたものの、それを乗り越えれば、無数にあるソファの一つに足を上げてくつろぐことができた。

けれど、目の前の無機質な場所に座ってくつろげる人がいるとは想像もできなかった。走りまわって遊ぶのが好きな小さな男の子が、こんな病院と同じくらい殺風景な白い空間に放りこまれたら、いったいどういう反応をするのだろう？　そこまで考えて、レベッカは頭を振った。

エンツォの子供時代を思い描きたくなかった。また心の通じ合う会話を始めるのはつらかった。あまりにも多くの告白を彼からされて、心は揺れていた。まもなく訪れる別れを思ったら強くならなければならないのに、弱くなる一方なのはまずい。

今望んでいたのは、ルーフテラスでエンツォと一緒に過ごしたときのような明るさといきいきとした活力、二人の間にあった軽口をたたける雰囲気だった。彼と過ごす最後の数時間は過去も未来も忘れて、二度と手にできない現在を楽しみたかった。

レベッカはエンツォの手を引っぱって朗らかにほほえんだ。「行きましょう。約束していた二箇所目のツアーを始めて」

彼の頬にえくぼができるまでには少し時間がかかった。「仰せのままに、ミス・フォーリー」

なにも言わなくても軽口を求めている自分の気持ちを察してくれたエンツォについて、レベッカは考えようとしなかった。ひょっとしたら、彼も同じものを必要としていたのかもしれない。

エンツォに案内されて、レベッカは手で触ろうものなら指紋がべったりつきそうな真っ白なキッチンや、まともな神経の持ち主ならパンくず一つ落とせないダイニングルーム、そして世界でいちばん整頓された書斎をめぐった。シルヴァーナはこういう場所で宝石を盗み出す計画を練っていたのだ。

寝室はアパートメントの奥にあった。

「ここは客用寝室だ」エンツォが告げ、最初のドアを開けた。レベッカは中を見て、どうか夜中に鼻血を出す客がいませんようにと祈った。彼が次のドアを開ける。「女版ロビン・フッドの寝室へようこそ」

客用寝室よりかなり広い部屋をのぞくと、中央にあるベッドは真っ白な白鳥の形をしていて、彼女はくすくす笑った。

エンツォが最後のドアを勢いよく開けたとき、レベッカは暗い部屋に目が慣れなくてまばたきをした。明かりがつけられ、部屋がよく見えるようになる。

壁は濃いグレーで、キングサイズのベッドの寝具は絨毯《じゅうたん》やカーテンと同じ深いブルー、クローゼットとデスクとドレッサーは黒だった。この〝色彩設計〟を選んだのがエンツォで、母親を困らせたいと考えた結果なのは尋ねるまでもなかった。書棚にある本はほとんどがスポーツのスター選手の伝記で、ベッドの左側の壁には肌の露出が多いスーパーモデルの色あせたポスターが貼ってあった。

レベッカはエンツォのほうを向き、精いっぱい感情のない顔で見つめた。

彼が肩をすくめ、近づいてきた。「あのポスターは僕が十七のときに貼ったものだ」

「ああいう女性が好みなの？」エンツォに背を向け、誘惑的な目をした脚の長いセクシーな美女をもう一度見た。

「ヴェスパで走りまわっていたころはね」

ティーンエイジャーが貼ったイラストのポスターの女性に嫉妬するなんて、みじめにもほどがある。

「成功者になって、ああいう女性たちとデートできるようになったときは、すごくうれしかったでしょう？」

　エンツォが背後からレベッカの腰に腕をまわし、背中に体を押しあてた。「とてもね、ミス・フォーリー」そうつぶやき、彼女の頭の上に顎を置いた。「ずっと空想していた美しい女性たちが身を投げ出してきたんだから。長い間、自分は死んで天国に来たのかと思っていたよ」

「わかるわ」レベッカは声がとがるのを抑えられなかった。けれど体にはエンツォと密着している喜びが広がっていたので、背をあずけて彼の力強さにひたり、ポスターを破らないですむように目は閉じた。

　エンツォが片方の手をレベッカのおなかに広げたあと、痩せたスーパーモデルよりもはるかに小ぶりな胸を包みこんだ。もう一方の手はおなかで広げたまま、彼女をしっかりと抱きしめる。おかげで、彼の体が興奮しているのがよくわかった。レベッカが爪先立ちになり、うめき声をあげながら体を押しつけると、彼がちょうどいい力で胸を愛撫《あいぶ》したので、懸命に求めていた喜びがさらに深く激しく全身に広がった。

「そうだよ、ミス・フォーリー、まさに天国だった」エンツォが頭を低くしてレベッカの耳にそっと歯を立てた。「しかしその状況にも慣れ、朝食をともにしている美しい女性になにも感じていない自分に気づいたら、なんの意味もないとわかった」

　エンツォの唇と吐息が敏感な肌に触れるたび、レベッカの神経は刺激された。だからポスターではなく姿見に体に向けられたことにも、目を開けて鏡に映る自分の姿を見るまで気づかなかった。

　あらためてエンツォがレベッカの頭に顎をのせ、鏡の中の彼女を見つめながらワンピースのボタンを二つはずした。「彼女たちがなにを考えているか知りたいとは思わなかった」そうささやきつつ次のボタンをはずし、手を中へすべりこませてレースのブラの下に差し入れ、レベッカの胸を包みこむ。

熱い欲望が体を駆け抜けると、レベッカは下腹部の奥がとろけ、膝から力が抜けた。

髪に口づけし、鏡の中の彼女を見つめたまま、エンツォがさらにワンピースのボタンをはずした。

「彼女たちのせいで仕事が手につかないこともなかった」胸の先を指でやさしく挟み、より強く体を密着させる。「次に会うのが待ちきれず、何度も時間を確かめたこともなかったよ」

ボタンをすべてはずしてしまうと、エンツォはレベッカの頬にキスをし、レースのショーツの中へ手を入れた。

「素肌に触れるだけで頭がおかしくなるほど、とんでもない欲望がこみあげてくることもなかった」

熱をおびた秘めやかな場所をエンツォの指がかすめ、その快感のすさまじさにレベッカはびくりとした。彼の手を握ってそこにとどめ、くずおれないよう脚に力をこめる。

エンツォの飢えた目は暗い光をたたえ、激しい感情にあふれていて、レベッカの心臓は雷鳴に近い音をたてて打った。次の瞬間、彼はレベッカを振り向かせ、熱く貪欲な唇で唇を奪った。

レベッカがなにも考えられなくなる前に考えたのは、二人の時間はどんどん少なくなっていて、彼の腕の中にいるのもこれが最後だということだった。私がこういう喜びを味わえるのもこれきり……。

しばらくすると、レベッカのワンピースも下着も床に落とされた。エンツォもすべての服を脱ぎ、二人はベッドの上で手足をからませた。そして飢えを満たそうと先を争ってお互いをむさぼった。

キスがいかに激しく荒々しいと同時にやさしいか、肌に食いこむ指がいかに快楽と苦痛をもたらすか、レベッカは初めて知った気分だった。

エンツォを愛することには快楽と苦痛が伴うのだ。欲望に絶望がまじっているのは、この喜びももうすぐ思い出になるとわかっているからだ。今あるものを失ったら、私は思い出の中のエンツォにしか会えなくなる……。

考えるのをやめたくて、レベッカはいっそうキスを深めた。唇をもぎ離した彼が下へ移動して舌で愛撫を始めたとき、彼女は目を閉じ、与えられる喜びにひたすら意識を集中させた。

体は快楽に溺れていたけれど、どんなになにも考えずに喜びにひたろうとしても頭は働きつづけた。

レベッカはエンツォの頭を両手でとらえ、腿を閉じようとした。「あなたが欲しいの」息せききってささやく。どうしても彼と一つになりたかった。

エンツォがこちらにはわからないイタリア語をつぶやき、上へ戻ってあざになりそうなほど強く唇を重ねた。レベッカは彼の首に腕を、腰に脚をまわした。荒々しいうなり声とともに、エンツォが彼女の奥深くへ入ってきた。

とてつもない喜びにレベッカは大きな声をあげ、もっと深くエンツォを受けとめようとした。

彼が激しくくるおしく体を動かし、切迫した情熱の炎が二人を包んだ。歯や爪が肌に食いこむせいで、快楽と苦痛が交互に襲ってくる。

レベッカはこの最後の時間を永遠に続かせたいと切実に願った。けれど高まっていく喜びを抑えつけるよりも、潮の満ち引きをとめるほうが簡単な気がした。やがてもう一度叫び声をあげ、彼にしがみつく。

その瞬間をまるで待っていたかのようにエンツォが目を開けてレベッカを見つめ、うなりながら体を震わせて力つきた。

長い間、二人とも微動だにせず、口をきかなかった。部屋に響く音といえば二人の息づかいと、レベッカの頭の中に響く鼓動だけだった。部屋のどこかで時計が時を刻む音も聞こえた。

レベッカはぼんやりとエンツォの鼓動を感じていた。二人は胸と胸を合わせ、肌に汗を浮かべながら一つになった余韻にひたっていた。

熱い涙が彼女のまぶたを刺激した。聞こえるのはどんどん大きくなる時計の音だけで、一生こうしていられたらどんなにいいだろうと思った。

でも、私の残りの人生にエンツォはいない。エンツォと一緒にいたら私はいつも真実を知りたがり、彼が株の問題を持ち出す日を、彼が私に飽きてなにを考えているのか気にしなくなる日を待ちつづけるはずだ。

ああ、私は信じているの？ エンツォが今、私がなにを考えているのか気にしていると。

私は正気を失ってしまったのかしら？ 信頼できない男性と一緒にいて、どうやって完璧な幸せが見つかるの？ でも、先ほどのベッドでのひとときは完璧だった！ 完璧で美しく、すばらしいけれど二度と経験できない時間だった。

レベッカは本当に正気を失いそうだった。そうならざるをえなかった。

どういうわけか、時計の音がさらに大きくなった。あとどれくらいエンツォのそばにいられるのかしら？ 三時間？ 二時間？

それ以上考えるのがつらくて嗚咽《おえつ》をのみこみ、長く続く沈黙を破るために言葉をさがした。「お母さまがあなたの部屋を十代のころのままにしているのには、なにか理由があるの？」

沈黙がさらに続いてから、エンツォが答えた。

「知る限りはない」彼が少し体を離したので、レベッカは呼吸がしやすくなった。エンツォが指をからめて彼女の手を口に持っていき、関節に唇を押しあてる。

また嗚咽がもれそうになるのを、レベッカは懸命に抑えつけた。「お母さまはあなたが戻ってくると思っていたんじゃない?」エンツォは十九歳のとき、最初の宝石店の上の部屋を借りて引っ越したと話していたのを思い出して尋ねた。

彼の鼻がレベッカの頬に触れた。「母の考えを読むのは、とうの昔にあきらめたんだ」

「もしかしたら、あなたの気が変わったときのために片づけずにおいたのかもしれないわね」

「それはない」

「じゃあ、大人になる前の息子を思い出せるようにとか」

エンツォが頭を上げた。レベッカにきつい視線を向け、眉間にしわを寄せる。「なぜ母に人間味を持たせようとする?」

「あなたの母親だからだわ。復讐をくわだてたとしてもその点は変わらない」エンツォが自分の人生から母親を完全に切り離しているからって、それがなに? 彼もシルヴァーナも同じくらい悪いし、私は心の支えになるなにかを必要としている。

シルヴァーナから小包を受け取って丸一日が過ぎていた。どんなに努力しても、レベッカの目にはもうエンツォが悪人には見えなかった。体には先ほどの欲望がまだ息づいていて、恐ろしくてたまらなかった。彼がしたことも、しようと考えていたことも許してしまいそうで怖かった。

「なにがあったせいで、あなたはお母さまを脅迫したの? 自分の肉親を裏切るなんて、あまりイタリア人らしくないと思うんだけど」

エンツォが不機嫌そうに笑い、ようやくレベッカから離れた。「そうしていなければ僕は善良な市民とは言えなくなる」

二人の間にあった最後のつながりがなくなってしまったことに恐怖を感じ、レベッカはあわてて体を起こした。「そうね」枕をつかんで胸にあて、膝を立てて両脚をかかえる。「二十九歳まで待ったんだから、なにか特別な動機があったんだと思ったの」

胸を隠すレベッカをしばらく見つめたあと、エンツォが体を起こした。「これ以上、恐怖とともに生きることには耐えられなかったんだ」

理由が自分のビジネスへの影響を考えてだったらよかったのにと思いつつ、レベッカは膝をかかえる両腕にさらに力をこめた。けれど、自分を抱きしめても心は守れないのはわかっていた。

エンツォが言った〝恐怖とともに生きる〟という意味を、彼女は正確に理解していた。なぜならそれこそ、彼の前から立ち去る理由だったからだ。さもなければエンツォが私から去っていくまで、恐怖とともに生きていくはめになる。

「母がいつまでも捕まらずにいられるとは思えなかった」エンツォが厳しい声で言った。「足を洗わないと言うなら、無理にでも洗わせるしかなかったよ。母にとって自分の評判が大事なように、僕にとっても自分の評判は大事だった。警察の捜査の手が伸びてきたら、たとえなにも見つからなくても評判には傷がつく。高潔な理由があったからだと言えたらよかったが、君には嘘をつかないと約束した。僕は恐ろしかったんだ。母が刑務所に入れられたら、自分も破滅するから」

レベッカはシルヴァーナを思い浮かべた。背が高くて美しく、賢く、精力的な彼女を牢屋《ろうや》に閉じこめるのは、虎を狭い檻《おり》に入れておくようなものだ。

父親を失い、慣れ親しんだものすべてから引き離されて悲しみにくれる幼いエンツォの姿も思い浮かんだ。その少年は母親の犯罪を知り、警察に捕まったらどうしようとおびえながら成長したのだ。

けれど、エンツォはもう幼い子供ではなかった。それを忘れてはならない。絶対に。

11

「お母さまに宝石を盗むのをやめさせたのが、お父さまが亡くなった年齢だったのは偶然なの？」

エンツォが目を細くし、額にしわを寄せた。唇の端をゆがめて答える。「それで僕のことを知らないと言うとはね」彼が頭を振り、信じられないというふうに笑った。「偶然ではない。二十九歳という年は僕にとって大きな節目だった。子供のころはずいぶん先に思えたが、その年が近づくにつれて……」顔をしかめ、黒髪をかきあげた。「僕は二十九という年の大半、独身富豪がしそうな無謀で危険なことばかりしていた」

レベッカは背筋がぞっとし、腕に鳥肌が立った。

「どんなことをしたの？」

「エヴェレストにのぼり、ネパールのカルナリ川でラフティングをした。スカイダイビングは六回した。ニュージーランドのカワラウ橋からバンジージャンプもした。浴びるほど酒を飲んで、何度ばか騒ぎをしたか」エンツォが目を閉じ、ふたたびレベッカを見つめた。「二十九がこの世で過ごす最後の年になるなら、アドレナリンが出ることをすべて経験しなくてはならないという強迫観念が僕の中にはあったんだ。そして無鉄砲なまねばかりしているうちに、死ぬ前に母が罪を犯すのをやめさせなければ、と思うようになった。たとえ無事三十になれたとしても、母が警察に捕まることを恐れながら生きてはいけなかった」ふたたび彼の唇がゆがむ。「それだけの行為をしているのはわかっていたが」

〝それだけの行為をしているのはわかっていた〟

その言葉はレベッカが以前、ルーフテラスで自分に言い聞かせたことに似ていた。〈クラフリン・ダイヤモンド〉の株をエンツォを攻撃する武器にはできないと気づいたときに。

「だからお母さまに最後通牒《つうちょう》を突きつけたのね」レベッカはゆっくりと言った。鼓動が頭の中にまで響き、吐き気がこみあげていた。

「そうだ。母は僕を許さなかった。そうなるのは予想していたよ。復讐《ふくしゅう》されることも。僕は一線を越えてしまったんだ」エンツォの目がぎらりと光った。「だがまさか、復讐のために一線を越える以上のことをするとは思わなかった」

「本当に？」レベッカは顎を上げ、彼の目を真っ向から見た。「あなたが話してくれた内容を考えたら、予想できたんじゃない？」

彼女の口調の変化にショックを受けたのか、エンツォがのけぞり、目に怒りを浮かべた。「母にとって評判はすべてだ。僕の屈辱は母の屈辱になると思っていた」

「その点に異論を唱える気はないわ。お母さまは私に祖父の遺言状を届けると決めたとき、評判を考えたうえで犠牲を払う覚悟をしていたはず。だとしても自分の行動にではなく、お母さまに非難の矛先を向けるほうがあなたにとっては簡単だし、きれいごとに聞こえるわ」

エンツォの視線がますます鋭くなった。「責任は取るつもりだ。逃げる気はない。最初からその気持ちは変わらない」

「じゃあ、あなたが私たちの結婚式をだいなしにしたと認めて」神経質な笑い声がレベッカの口からもれた。「私たちの結婚をめちゃくちゃにし、ビジネスを危険にさらしたのはお母さまじゃなくてエンツォ、あなたなのよ。復讐されると知りながら、あなたはお母さまに足を洗わせた。動機は良心からだったのかもしれない。でも心の底では、お母さまに自分のしていることをとめてもらって、罪の告白をする手間を省きたかったんじゃないの？」

言葉が次々に出てくる間、自分が喧嘩《けんか》を仕掛けているのにレベッカは気づいた。エンツォが自己弁護をしたり、彼女をどなりつけたり罵倒したりして憎しみの対象となってくれたら、胸に居座って消えないフィレンツェにいたいというかなわぬ願望を押しつぶせると思っていた。

「正直なところ、私はどっちでもいいの。あなたがお母さまに自分のしていることを告白した理由も、お母さまがそれを私に暴露した理由もね。ただ、あなたが嘘《うそ》をついていたと教えてくれて、私が人生最大の過ちを犯すのをとめてくれたことには感謝しているわ。あなたたち二人はどちらも同じくらい悪いのよ。まじめな話をするとね、エンツォ、どうかお母さまを切り捨てるのはやめてあげて。あなたたちはお互いにお似合いの親子だから」

レベッカは自らの望みをなんとかすることに夢中になるあまり、エンツォの目が生気を失い、顔から感情が一つ残らず消えていることに気づいていなかった。我に返ったときには信じられないほど空気は張りつめ、重々しい沈黙に支配されていた。

その沈黙は長く続いた。

彼女は息を吸おうとしたけれど、喉が締めつけられていてできなかった。

そのとき、エンツォの鼻孔がふくらんだ。

一瞬うつむいたあと、彼はいきなりベッドから下り、下着に手を伸ばした。

「服を着てくれ」声はそっけなかった。「屋敷に戻ろう」

屋敷への帰り道は街へ向かうときとはまるで違っていた。ついさっきまでは喜びで胸を高鳴らせていたのに、今は雰囲気ががらりと変わっていた。エンツォはレベッカに服を着るように言って以来、ひと言も口をきかなかった。

彼女は浴室で服を着た。落ち着いて一枚一枚身につけたものの、鏡の前で髪を整える手は震えていた。

エンツォは寝室にいるのではなく、使われた形跡のないキッチンで窓の外を眺めながら水を飲んでいた。そして肩をこわばらせ、こちらへ顔を向けた。レベッカは顎を上げ、息をつめて視線を合わせたけれど、彼の目にはなんの感情も浮かんでいなかった。心を閉ざしたまなざしの奥にエンツォが隠しているものが突然怖くなった彼女は、すぐに視線をそらしてキッチンの窓から外を眺め、彼がなにを見ていたのかに気づいた。もっと早く気づいていればよかった……。

キッチンの窓からは、レベッカがエンツォを置き去りにした大聖堂が見えた。世界じゅうが見守っていたあの大聖堂で、私は彼に恥をかかせたのだ。屋敷へ帰る途中、エンツォが細い道を曲がる前から遠くにいる報道陣が目に入り、レベッカは罪悪感に襲われた。

いいえ、悪いのはエンツォよ。彼女は自分に言い聞かせた。私は悪くない。だから罪悪感を抱く必要はない。祖父とエンツォの間だけでなく、エンツォとシルヴァーナの間でも私はゲームの駒にすぎなかった。

しかし今となっては後悔していた。感情の赴くまま、ああいうやり方で結婚式を中止させたのはよくなかった。

彼を罰したかったわけではなかった。あのときの私はまともに考えられる状態ではなかった。もしまともに考えられていたら、私は……。

なに？　エンツォに弁明のチャンスを与えたとでも言うつもり？

なにを弁明してもらうの？　彼の側の事情とか？

祖父の遺言状で真実ならわかったでしょう？　エンツォは私を愛していなかった。最悪の嘘をつき、自分の目的のために利用していただけだった。

でも、彼にチャンスを与えることはできた。レベッカは目を閉じた。なにをしても意味はない。もう過去は変わらないのだから。

そう承知していたにもかかわらず、彼女は腕時計を見て驚いた。そのとき、ヴェスパは車庫の裏口にとまっていた。

午前十一時五十分。

レベッカの目に涙が浮かんだ。いつの間にこんなに時間がたっていたの？

目を閉じて涙を押し戻すと、彼女は深呼吸をしてヘルメットのストラップをはずした。

今回、エンツォはヘルメットを取ってくれなかった。両手をポケットに突っこんで顎に力をこめ、視線を遠くにやってただ立っている。髪はすっかり乱れていた。

エンツォにぶつけた真実に対する謝罪の言葉が舌の先まで出かかっていたけれど、どういうわけかレベッカはのみこんだ。私は本当のことを言っただけ。しかし、かたくなな態度を貫くのはだんだんつらくなっていた。

彼を見ないようにしてレベッカはヘルメットを取り、ヴェスパから降りた。結局、これが望みだったでしょう？　二人の間に距離を置くこと、二本の足でつまずかずに立ち去ることが。

頭の中に響く鼓動と胃のむかつきがふたたび勢いを取り戻した。

「荷物をまとめてくるわね」応接室を歩きながら、彼女は静かに言った。

エンツォが短くうなずき、レベッカに服を着るよう言ったときから初めて言葉を口にした。「執事のフランクにスーツケースを運ばせるよ」

「必要ないわ。そんなに重くないから」よそよそしい態度のエンツォがいやで、そんなふうに思っている自分にもうんざりし、レベッカは明るく言った。「本当のことを言うと重いけど。でも何度もスーツケースを持って階段をのぼりおりしたから、筋肉がついちゃったんじゃないかと思うの」

だが、彼の頬にえくぼは浮かばなかった。「どこに行くつもりだ？」

「家に帰るわ」

エンツォの顎に力がこもった。「イギリスの？」

「そこが生まれ育った場所だもの」

彼が目を閉じ、顔の表情を消してからうなずいてレベッカから離れた。「名義変更をした株を渡すよ」

「もう手続きが終わったの？」約束の時間まではまだ一時間以上ある。心の奥では、エンツォはぎりぎりまで引き延ばすのではと期待していた。

エンツォが彼女を見た。「朝食のときに、手続き完了の連絡を受け取っていたんだ」

「朝のうちに？」

エンツォの目に謝罪の色はなかった。「君には言わなかったから、僕の罪がもう一つ増えたな」

あと一つでも玄関の脇に荷物をつめたスーツケースを置いたら、テラコッタの床はへこみそうだとレベッカは思った。ドアの横の窓から外をのぞくと、彼女が乗る大きな黒い車が昨日と同じ場所にとまっているのが見えた。

応接室を裸足《はだし》で歩きながら、大理石の彫像が砕け散った光景がまぶたの裏に浮かぶのをまばたきで追い払う。そして居間へ入り、ドリンクキャビネットの前でスコッチを注《つ》いでいるエンツォを見つけると、既視感《デジャ・ビュ》に襲われた。

結局、私はここを出ていく運命だったの？

「ジントニックを飲むかい？」彼が背を向けたまま

尋ねた。

「いいえ、ありがとう。株を受け取ったら出ていくわ」もうここにいる理由は作らない。時間稼ぎはやめる。

もしエンツォがパスポートを金庫にしまっていなかったら、レベッカは感情に従って大聖堂を逃げ出したあと、すぐにイギリスに逃げられたはずだった。しかしそうしていたら、エンツォと一つになって天にものぼる心地を知ることはなかった。

その喜びを後悔するかどうかは時間がたってみなければわからないから、彼女は考えたくなかった。今はただみっともないまねをせず、まだ理性が働いているうちに出ていきたかった。

振り返ったエンツォはジントニックのグラスを手にしていた。「実はもう作ってあったんだ。どうか飲んでくれないか。サイドボードの上に株券と書類を置いた。君に話しておきたいことがあるんだ」

レベッカはその二つが入っているらしき封筒に目をやった。「話をする時間ならたっぷりあったでしょう」それでも朝食の間に手続きが完了していたことや、株の名義変更が終わったならなにも話す必要はないことは指摘しなかった。

「前はまだふさわしいときじゃなかった」

彼女は返事をせず、封筒から書類を取り出してざっと目を通した。エンツォは約束を守って本当に名義を変更させていた。それを確認して、彼を信用する気になった。

「弁護士にチェックしてもらってもかまわないが、問題はないと思う。すでに名義変更はデジタル処理もされている。君は正式に僕のビジネスパートナーになったんだ」

レベッカは驚いた。そんなことは考えもしなかった。私がエンツォのビジネスパートナーだなんて。

彼女の心を読んだかのようにエンツォが苦笑し、

スコッチのタンブラーを掲げた。まずそれを大きくあおると、彼女お気に入りのソファの横のガラステーブルにジントニックを置き、見たことのない肘掛け椅子にどさりと腰を下ろした。「〈クラフリン・ダイヤモンド〉のすべての株式を君に譲渡することも考えた。だが、そうしても君は偽善と取るだろうからやめたよ」

そのとおりだ、とレベッカは思った。たしかに私はそう考えたはずだ。

エンツォがジントニックを顎で指した。「どうか座って飲んでくれ。長くはかからない。三時間後に出発するイギリス行きの便を予約した。航空券は携帯電話に送ってある。一時までにここを発《た》てば、空港には余裕を持って到着できるよ」

「まあ……あの……ありがとう」わざわざ航空券を用意してくれたのに断るのは失礼だと思いながら、レベッカはソファに腰を下ろし、両足をしっかりと床につけた。

なぜ私は航空券を予約しようと思わなかったのかしら？　夜中に逃げ出そうと考えたときでさえ、航空券のことは頭になかった。

「腹はすいているか？」エンツォがきいた。

「いいえ」胃がむかむかする感覚が戻ってきた。

「僕もだ」彼がもうひと口スコッチをあおり、タンブラーを両手でかかえて不機嫌そうに琥珀《こはく》色の液体を見つめた。

「株についての話なの、エンツォ？」

彼の唇が引き結ばれ、肩が持ちあがった。顔にはさまざまな感情がよぎっていたが、レベッカと目を合わせたときは冷静さが戻ってきていた。「君のお祖父《じい》さんがもっと条件のいい提案を断って僕のビジネスパートナーになった、という話を覚えているかい？」

「なんの関係があるの？」

「関係ならあるんだ。なぜレイがたった一軒の宝石店しか持たず、しかも赤字を出している若者と組むという、よりリスクの高い選択肢を選んだのか興味はないか？　僕との取り引きで彼は借金の返済はできたが、もし失敗していたら手元にはなにも残らなかった」

レベッカは眉間をつまんだ。「本音を言いましょうか？　私にはどうでもいいわ。祖父はあなたの燃えるような野心を評価したんじゃないかしら？」

「その野心が夢物語ではないと、僕はなに一つ証明できていなかった。彼がそれでも危険を冒したのは、君のお母さんにしたことへの償いになると考えたからだと僕は思っている」

レベッカは突然立ちあがり、グラスになみなみ注がれたジントニックがこぼれるほど強くテーブルをたたいた。「あなたは株やビジネスの話をしたかったんじゃないの？　過去の話じゃなくて」

「どちらも同じことだよ」

「それなら聞きたくないわ」レベッカは脇にあったティッシュの箱を乱暴につかみ、何枚か手に取った。

「気持ちはわかるが、君はもうすぐ僕の前から永遠にいなくなるんだから、これから僕が話すことをしっかり聞いてほしい」

彼女はグラスを持ちあげ、こぼれた液体をティッシュでふいた。「祖父のしたことを正当化する言葉なんて聞きたくない」

「正当化はできない。レイはお母さんの交際に反対すべきではなかったし、縁を切るべきでもなかった。自分の過ちを認められなかったせいで、彼はお母さんに償えなかったんだ」

テーブルをきれいにする努力をあきらめ、レベッカは憤りながら着ていたワンピースで手をふき、ドアに向かって急ぎ足で歩き出した。「もういいわ。なにも聞きたくない」

「聞きたくないのは理解できるが、聞かなければならない話なんだ」

「いやよ」

レベッカがドアにたどり着く前に、エンツォが彼女を追い越して立ちふさがった。

両手を胸の前で組み、無表情でレベッカを見つめる。

反論するよりも、レベッカは庭に面した大きなフレンチドアから外へ出ようと向きを変えた。

「そこには鍵がかかっている。鍵が欲しいなら、僕のズボンの後ろポケットにあるぞ。ダイニングルームのドアにも鍵がかかっている」

彼女はくるりと振り返った。

まだドアをふさいでいるエンツォは、体も表情も揺るぎなかった。

これもデジャ・ビュだ。また同じことを繰り返している。

「話を聞いてくれ、レベッカ」彼の静かな、しかし有無を言わさぬ口調に、レベッカは震えた。

「その名前で呼ばないで」彼女は一歩下がってささやいた。

「レベッカ――レベッカ・エミリー・フォーリー、美しい女性にふさわしい美しい名前だ。レベッカ、なにを言っていいか、なにを言ってはいけないか、君をどう呼ぶかについて、僕はずっと君の意思を尊重してきた」

「あなたは私の意思を尊重したんじゃなくて、私に自分のビジネスをだいなしにされたくなかっただけでしょう？」

目が危険な光を放ち、エンツォの声が初めて大きくなった。「僕がもう株のことなど気にしていないと、いつになったらわかってくれるんだ？　僕が条件に従ったのは、一緒にいる間に君が真実に気づいてくれればと思ったからだ。そうしたいなら、ヘクラフリン・ダイヤモンド〉をめちゃくちゃにすればいい。僕のビジネスすべてを壊してもかまわない。外に出て、待ちかまえている報道陣や世間に、僕が君にしたことをどうぞ話してくれ。知ったことか。君がここから出ていった時点で、僕の人生は終わりなんだから。だが真実を伝えないまま、君を行かせる気はない。座って、僕の話を聞くんだ」

レベッカの頭は混乱した。激しく打つ心臓の音がその状態に拍車をかけ、まともに考えるのをむずかしくしていた。

選択肢は三つあった。一つはエンツォをドアからどけること。二つ目はフレンチドアを突き破ること。三つ目は座って彼に話をさせることだ。魅力的だったのは二番目の選択肢だけだった。体がガラスでずたずたになるとしても、選択肢の中ではいちばん苦痛が少なそうに思える。エンツォをドアからどければ、彼の体に触れて香りをかぐことになり、私の頭がおかしくなってしまう。でも座ってエンツォに話をさせるのは……。

いいえ、大丈夫とレベッカは考え直した。私が話を聞いているかどうかエンツォにはわからない。別のなにかに集中していれば、彼の言葉を聞かずにすむ。

もとの椅子に戻ると、グラスに残ったジントニックを全部飲みほし、脚と腕を組んだ。「じゃあ、始めて。さっさと終わらせましょう」

短くうなずいたエンツォがゆっくりと深呼吸し、席に戻って視線を彼女にそそいだ。彼から顔をそむけないで、とレベッカは自分に言い聞かせた。エンツォと目を合わせていても、言葉を耳に入れなければいい。

「お祖父さんはなにもないところから会社をおこして自力で成功した人だ。君のお父さんを軽蔑していたのは学歴や仕事の内容ではなく、彼が野心を持っていなかったのが理由だった。レイにとっては成功をめざし、野心を持つことが大事だったんだ。だから僕に同じ精神を見いだし、お母さんには拒まれた型にはめようとした。彼がお母さんを切り捨てたのは、それが理由だったんだと思う。お母さんが自分と同じ道を歩むのをいやがったのが」

レベッカは常夏の国のビーチに立ち、足元に打ちよせる温かな波の感触を想像していた。しかしその国がモーリシャスだと気づいて、すぐに別の場所を想像しようとした。

モーリシャスは、二人がハネムーンとして結婚式の日の夜に飛ぶことになっていた場所だった。

「レイはずっといつかお母さんが戻ってくると思っていた。まさかあんなに若くして亡くなってしまうとは夢にも思わなかったんだ」エンツォが顔をしかめた。「だが、めったに起こらないことが起こってしまった。僕たちは愛する人が誰よりも長生きすることを期待しがちで、子供を失うなどとは思いもしない。お母さんの早すぎる死によって、レイは自らの行いを悔い改めたんだ。彼はずっと娘を愛していた。それに君のことも愛していたんだよ」

レベッカは小さく鼻を鳴らした。その仕草には軽蔑がこもっていた。

「レイは君を愛していたんだ、レベッカ」

「あの人は私を知らなかったわ」

「彼は君の卒業写真をデスクに飾っていたよ」

レベッカは不思議に思い、意に反してエンツォと目を合わせた。「どうやって手に入れたの？」

彼が肩をすくめた。「レイにはできたんだ。何年も君のお母さんの動向を探らせていたしね。卒業写真の前は、幼い君が誕生日ケーキのろうそくを吹き消す写真だったよ。十歳くらいだったかな。レイは卒業した君を誇りに思っていた。君と会えなかったことは彼の生前最大の後悔であり、遺言状であいうことをした理由だと思う」

レベッカは先ほどより大きな音をたてて鼻を鳴らした。「私と会えなかったことを後悔していたから、彼はあなたをだましたというの？　なんて理にかなった話なのかしら」

「レイは死ぬまで二人の人を愛していた――君と僕をね。彼が君を愛していたのは血を分けた孫だからだ。僕を愛していたのはビジネス上の師弟関係が、互いに尊敬できる友情へ発展したからだろう。僕とレイの間には大きな愛情があった。〈ベレーシ・ジュエリー〉が軌道に乗り、僕の財力が莫大《ばくだい》になって師匠である彼を必要としなくなっても友情は続いた。レイが遺言状にああいう条件を書いたのは、僕と君が必然的に出会うための彼なりのアイデアだったに違いない」

12

頭の中で一緒に泳ぐところを想像していたイルカの群れは、いつの間にかどこかに消えていた。レベッカは信じられないという顔でエンツォを見つめた。

「私が荷物をまとめている間に、スコッチをボトル一本あけていたの？」

彼が半分ほど中身が入ったグラスを持ちあげた。

「あけておけばよかったよ。そうすればもっと楽に言えただろうな」

「どうぞそうして。私はとめないわ」

「ボトル一本あけるのは君が出ていってからにするよ。今は頭をはっきりさせておきたいんだ。酔っぱらいが戯言《たわごと》を口にしたと思われたくないしね」エンツォがぎこちなく笑った。「だが、今言ったことが君のお祖父《じい》さんの望みだったと、僕は確信している。君と僕の仲を取り持ちたかったんだよ。レイはよく君の写真を僕に見せては、なんと美しい女性になったんだろう、君と結婚する男は幸せ者だと言っていた。そのときは祖父として孫が自慢なんだろうと思っていたが、今は……」彼がグラスの中身を少し飲んだ。「君と僕だけが、レイが死ぬまで愛していた相手だったんだとわかるよ」

気分が悪すぎて、レベッカはエンツォの屋敷ではない場所にいるという想像をするのをやめなければならなかった。

「病気の診断を受けたあと、君の写真はレイのデスクからベッド脇に移された。いつ訪ねても、彼はそれを見ていたよ」エンツォは淡々とつけ加えた。「だから彼の死後、僕は写真の君を憎むようになったんだ」

レベッカは全身で身構えた。

エンツォの目は自己嫌悪にあふれていた。「そうだ、レベッカ、僕は君を憎んでいた。僕はレイにとっていちばん身近な家族のはずだったんだ。彼の妻と娘は亡くなり、孫娘はかかわりを持ちたがらなかった。彼が病院に近親者として指名したのは僕だった。自宅に二十四時間態勢の看護の手配をしたのも僕だし、看護に手抜かりがないか確認するために彼の家に泊まりこんだのも僕だった。僕はレイを血縁のように愛していたからそうしたのに、写真でしか見たことのない、祖父を拒絶した孫娘のために僕を裏切ったことを遺言状を読んで知ったんだ」

彼の顔には、ひどくこわばった笑みが浮かんでいた。

「レイは、僕たちが会わざるをえない状況を作りあげた。遺言状にあった条件に対して僕がどういう反応をするのか、彼が予測していたかどうかはわからない。彼の遺志に従わずにすむ、または君と話し合って解決策を見つけるほかの手段を考えなかったのは、肉親と思っていた男への怒りにとらわれるあまり、頭の中が復讐《ふくしゆう》でいっぱいだったからだ。そういう部分は母から受け継いだんだろうな。そしてその復讐の対象こそが君だったんだよ、レベッカ・エミリー・フォーリー」

エンツォがいったん言葉を切ってさらに続けた。

「僕は君の一挙手一投足を見張らせ、近づいて誘惑できるもっともらしい機会を狙った。簡単なのはわかっていたよ。僕の金と恵まれた容姿にあらがえる女性はまずいないからね。僕が手に入れたいと願った女性が、僕を手に入れたいと願わなかったことはなかった」彼の話し方は女性を誘惑するなど造作もないというようだった。「そしてチャンスがやってきて、ついに宿敵と対面したんだ」

スコッチを飲みほすと目を閉じ、グラスを遠ざける。

「僕は頭の中で、君をメドゥーサのような怪物に作りあげていた……」エンツォが大きくため息をついた。「実際はとてもすてきな女性だったのに」信じられないというふうに笑う。「そんな女性の相手をするのには慣れていなかった。慣れていたのは〝計算機〟たちの相手だった。君はやさしくて明るく、笑顔が魅力的だった。それでも僕は復讐を誓っていたし、傷だらけの心はまだ怒りに満ちていて、考えを変えようとは思わなかった。良心の呵責《かしやく》が日に日に大きくなっていってもね。初めてキスをした日は忘れられないよ。ああ《ディオ》、今でもその感触は思い出せる。僕がどんな気持ちになったか、君にはわからないだろう。自分でも信じられないほどだった。君は僕を虜《とりこ》にした。そしてあの夜、バージンだと告白されて……」彼が額をこすった。「そのときにはもう君に恋をしていたんだと思う」

「いいえ!」レベッカはとっさに口走り、恐ろしさのあまりはじかれたように立ちあがった。

「いや、そうなんだ」エンツォのまなざしは暗かったが揺るぎなかった。「僕が打ち明けなくてはならないことを聞いてほしい。逃げないでくれ、レベッカ。そうするにはもう遅い。ゆうべも言ったが、君がバージンだったことですべてが変わった。僕の理性は君をベッドに誘うことを許さなかったが、心の中ではずっと葛藤していた。もし自分の行動を正当化しつづけるのではなく、本当はなにが起こっているのか気づいていたら、君になにもかも告白していたはずだ。そうしていればよかったよ。悔やんでも悔やみきれない」

「私が思うほどではないでしょうけどね」レベッカはおなかを強く押さえながら小さな声で言った。

「かわいい人《カーラ》、君にしたことを思うと僕は決して自分を許せない。自らの心の傷と怒りに任せて、なんの罪もない女性への復讐に走ってしまったんだから。君を嫌う決心はなにより固かったが、実際に会ってからは憎むことができなかった。君は僕の中から理解できないなにかを引き出したんだ。これまで一度も経験がないなにかを。プロポーズする前にいったい自分になにが起こっているのか理解できていたらと、心から思うよ」

エンツォが髪をつかみ、指の関節が白くなるほど握りしめた。

「君が返事をするまでが長すぎて、僕は心臓がとまったかと思った。そしてやっと〝はい〟と言われたときは……あんなに頭に血がのぼったことはなかった。それ以来、君を失うのを恐れて生きてきたんだ」

ふたたび腰を下ろしたレベッカは脚を折り曲げてヒップの下に入れ、ソファに背中を押しつけた。

「どうしてこんなことをするの? もうじゅうぶん

私のことは傷つけたでしょう？」

「君に与えた心の傷をすべて僕が代わりに負えるなら、そうしたい。僕は真実を伝えたかった。君をだましたまま結婚することは許されないから、式までの数カ月間は何度も言葉をさがして君の慈悲にすがろうと考えた。だが、どうしても恐ろしくて……」エンツォが自分の胸をたたいた。「過去に覚えのない恐怖だった。母が逮捕されると想像していたころよりもひどかった。君のいない人生を思うと、背筋がとてつもなく寒くなった。初めて本当の幸せを見つけたから、それを失うことには耐えられなかったんだ」

彼が顔を手でこすった。

「結婚式をめちゃくちゃにしたのは僕だ、と言った君の言葉は正しい」かすかな笑みがエンツォの顔に浮かんだ。「レイの教えによって僕はひねくれた人間になった。もしレイが今も生きていたら、僕は彼を頼りにしていただろう」苦笑して肩をすくめる。「母に計画を打ち明けたときは、赤ワインを二本飲んでいてまともな状態じゃなかった。それでも罪悪感は消えず、結婚式が近づくにつれ、君にしていること、君が僕のためにしてくれていることすべてに耐えられなくなった。しらふだったら、母に話すつもりはなかったよ。そのことに関しては自分を責めるしかないとわかってはいるが、母を許すつもりもない。僕にとって世界でいちばん大切なたった一つのものを壊すとわかっていて、レイの遺言状のコピーを君に渡し、復讐したんだからね。君が――君の僕への愛が跡形もなくなるとわかっていて」

レベッカはエンツォの告白すべてに動揺し、彼を信じて許したくてたまらなくなった。力が入らない脚を床に下ろし、よろよろとホームバーへ向かう。

「君がそばにいてくれることが僕にとってどれだけの意味があるか、君には想像できないだろうな」エンツォが静かに話しつづける間、レベッカはグラスを二つ手探りでさがした。動揺がひどすぎて前がよく見えなかったけれど、エンツォが立ちあがり、二人の距離を縮めたのは見なくてもわかった。「君に出会う前は裕福な生活を楽しんでいたが、いつもなにかが足りない気がしていた。それがなんなのか、君に出会うまではわからなかった。必要なのは君だったんだ」

レベッカは手近なボトルをつかんで二つのグラスにあふれるほど注いだあと、エンツォのぶんをカウンターにすべらせ、自分のぶんを大きくあおった。飲んだのはウオツカで、目に涙がにじみ、喉が熱くなる。しかし強い酒を飲んだおかげで、話を聞いているうちに揺らいだ決心を立て直すことができた。

「エンツォ、言うのは簡単よ」彼女は背を向けたまま口を開いた。「私だってあなたを信じたい。信じられるならなにを差し出してもかまわないわ。でも無理なの」残りの透明な液体を飲みほすと、グラスを大理石のカウンターにたたきつけ、くるりとエンツォのほうを向いた。

彼は床から天井まである窓にもたれていた。腕組みをして胸を激しく上下させている。

「残念だけど、あなたは十代じゃない」レベッカは静かに話し出した。「あなたは三十三歳の大人の男性で、途方もない財産を持っている。あなたが言うように何カ月も罪悪感にさいなまれていたなら、私を失うのが怖くて本当のことを言えなかったはずがないとどうしても思ってしまうのよ」

窓にもたれるのをやめ、ホームバーへやってくるまで、エンツォの目はレベッカの心をレーザーのように射抜いていた。彼がウオツカのグラスをつかんだ。「今日は何曜日だ？」

不意打ちを食らったレベッカは、必死に頭を働かせて答えた。「日曜日でしょう？」

「そうだ、日曜日だ」エンツォがスコッチのときと同じようにグラスの中身に目をやった。「たいていの会社は休日だ」彼がさっとレベッカのほうを向いた。「週末にもかかわらず、なぜ僕が株の名義を変更させ、君を〈クラフリン・ダイヤモンド〉の株主に加えられたのか不思議に思わなかったのか？」

「あなたはエンツォ・ベレーシだもの。なんでも自分の思いどおりにできるからでしょう」

彼が唇をゆがめて笑った。「僕に奇跡を起こす力はないよ。これだけ早く手続きが完了したのは、僕が用意をしていたからだ。計画では結婚式の翌朝、朝食をとりながら名義変更についての書類を渡し、なにもかも告白するつもりだった。結婚していれば、君が僕を許そうと努力してくれるかもしれないという一縷《いちる》の望みを抱いていたんだ」天井を向いて何事かつぶやき、ふたたびレベッカを見つめる。「だが、君は許さなかっただろうな」

もう一度こみあげてきた涙を、レベッカはまばたきで押し戻した。「そんなの、わからないわ」

エンツォがゆっくりと首を振り、ウオツカを口にした。「いや、許さなかっただろう。今ならわかるよ。なぜ君に打ち明ける気になれなかったのかも」

グラスをまた口に持っていったが、今度は飲まなかった。「僕はずっとわからなかった。君は出会った中でいちばん善良な人だったのに、なぜ真実を告白するのが恐ろしかったのかが。レベッカ、君はとてもやさしい人だ。そんな人は僕の住む世界ではめったに見つからない。母は十分で君を好きになったし、君が小学校から持って帰ったお別れのカードを見れば、子供たちやその親たち、同僚たち全員から愛されているのがわかった。だがやっと気づいたよ。ゆうべ、はっきりとね。僕が真実を隠していたのは、君が関係を終わらせる理由をさがしていると心の中で知っていたからだったんだ。祖父の遺言状こそ、君がさがしていた口実だった。遺言状がなくても、君は別のなにかを見つけていたはずだ」そう言ってエンツォはついにウオツカをいっきに飲みほし、手の甲で口をぬぐった。

あまりに驚いたせいで、声が出るまでにはしばらくかかった。「なんてことを言うの。私は口実なんてさがしていない。自分を正当化するために私を責めるのはやめて。私はあなたのそばにいるためにすべてを捨てたのよ。あなたと別れることなんて考えているわけがないでしょう」

エンツォの顔には疲労が色濃くにじんでいた。「君を責めてはいないよ、カーラ。こうなったのは全部僕の責任だから、一生罪を背負って生きていくつもりだ」彼が時計を見た。「そろそろ一時になる。もう行くといい。運転手が待っている」

ウオツカのボトルを手でつかむと、エンツォが生気を失った目でレベッカをもう一度見つめた。

「行ってくれ、レベッカ。君は出ていき、僕は酒に溺れる時間だ。見送らないのはすまないが、自分で自分を苦しめる趣味はないのでね」

エンツォがボトルのキャップをはずしてウオツカをグラスに注ぐ前に、驚いたことに、レベッカはボトルを奪い取った。「お酒に溺れる前に、どうして私があなたと別れる理由をさがしていると思ったのか教えて。そんなばかげた言葉は聞いたことがないわ。私はあなたに夢中だったのよ」

「過去形の使い方がうまいね」

「あたりまえでしょう?」レベッカは声を荒らげた。「あなたは私の信頼を踏みにじった。そのことを水に流してあなたをまた信頼できるようになれるなら、私はなんだってするわ。でもできないのよ」

「責めるつもりはない。だが君はできないんじゃない、したくないんだ」エンツォがボトルを彼女から奪い返し、ウオツカをたっぷりとグラスに注いで口に運ぼうとした。「レベッカ、もう行ってくれ。僕は言いたいことは全部言った。あとは好きなだけ飲ませてほしいんだ」

衝動とつのる怒りに突き動かされ、レベッカはエンツォの手を押した。グラスが傾き、ウオツカが彼のTシャツを濡《ぬ》らす。「勝手なことを言わないで。私は信頼したくないなんて言ってない。私があなたと別れる理由をさがしていたなんて、どこから思いついたの？」

彼の顎に力がこもった。濡れたTシャツを撫《な》でて、なにも言わずにまたグラスにウオツカを注ぎ、ひと口で飲みほした。ふたたび彼女を見たとき、その目は危険な輝きを放っていた。「できないと言ったのは建前で、したくないが本音だろう。君はいつも僕の気持ちを疑っていた」

「だって、疑うだけの理由があったもの！」

エンツォがレベッカに顔を近づけた。「僕は君を愛している。これまでずっと愛してきたし、これからも愛するだろう。君がもう一度チャンスをくれるなら、ガラスの破片の上だって歩いてみせる。だが、臆病な君はチャンスをくれなかった。だからゆうべ、愛を打ち明けようとした僕を黙らせたんだろう？君は僕の愛を信じたことが一度もないんだ。不安で不安で、僕の愛が信じられなかったんだよ」

「よくもそんなでたらめを」

「でたらめかな？」エンツォのこめかみが引きつった。「君は両親と一緒にいるとき、自分をおじゃま虫だと感じていた」

「いいかげんにして。何度も言うけど、本当にそんなふうに思っていたわけじゃないの」

「わかっている。だが君はそう感じていたし、それで僕はいろいろ腑《ふ》に落ちた」彼がレベッカを長い間じっと見つめ、肩を落とした。声は思いやりに満ちていた。「お父さんが心臓発作で亡くなったのは、お母さんが亡くなった数日後だっただろう」

　なんの前触れもなく、レベッカは火傷《やけど》を負わされた気がした。「それがなにか関係あるの？」

「大ありだよ。お父さんは悲しみのあまり、娘を置き去りにし、一人にしたんだ」

　火傷を負ったと思っていた部分が、たちまち怒りに変わった。「こんなに見さげはてた人とは思わなかった……」声がうわずる。「父は太りすぎだったし、母を亡くして落ちこんでいた。心臓が耐えられなかったのよ」

「死因を疑ったり、お父さんの君への愛を疑っているわけじゃない。お父さんの死も僕の父と同じくらい突然のことだったはずだ。父は僕を愛し、君の両親は君を愛していた。僕が言っているのは、家族の中での君の位置づけについてだよ。君は愛し合う両親のそばで育った。二人はハッピーエンドの現代版ロミオとジュリエットとして、結婚当初から亡くなる直前まで愛し合っていたようだが、君はどこかで、両親は娘よりも互いを愛しているから置き去りにしていったのだと考えるようになった」

　レベッカはおぼつかない足取りでエンツォから離れた。「この二十数時間は、あなたをあまりいいように考えていなかったけど、こんなに残酷な人だとは思ってなかったわ」

　彼女に背を向け、エンツォが言った。「僕は二度と君に嘘《うそ》をつかないと約束したし、話してほしいと言ったのは僕じゃなく君だ。言いたいことはこれで全部言った。僕は一人でアルコールに溺れていたかったんだ。君がここにいる時間が長くなればなるほど、心の傷は深くなるからね」

　レベッカはもう一歩離れた。「それなら行くわ」

「そうするといい。封筒を忘れないでくれ。イギリスで雇っている僕の弁護士からの詳細が入っている。株をどうするか決めたら彼に連絡してほしい。

彼が僕たちの仲介をしてくれるから、直接の連絡は遠慮してもらえるかな。お互いのためにすっぱり別れたほうがいいと思うんだ」

「そうね」どうしてそのほうがすっきりすると思っていたの？　私はなにを考えていたのかしら？

こんな形で別れるなんて生き地獄に等しいのに。

封筒を手にしたレベッカは、さらにウオツカをあおるエンツォを見た。彼は泥酔するつもりに違いない。賭けに負けたから。

でも、私も勝ったわけじゃない。

ドアの取っ手を握ったときは、涙で前が見えなかった。

「レベッカ」エンツォが背を向けたまま、首をひねって呼びかけた。

彼女は嗚咽《おえつ》をのみこんだ。「なに？」

彼の声はとても小さく、レベッカは全神経を集中させなければならなかった。「それでも、君の両親は君を心から愛していた。レイがお母さんを監視させていたとき、写真を撮らせていたんだ。そのころ僕は彼と一緒に仕事をするようになったばかりで、何枚か見せてもらったことがある。君は十二歳か十三歳で、家族で森へ行ってピクニックをしていた。お母さんが君を見ている姿がうらやましかったのを覚えているよ。あんな表情を母が僕に見せたことはなかったから」

レベッカはドアを開けた。

「もう一つ言わせてくれ」

彼女は動きをとめ、エンツォの最後の言葉に耳をすませた。

「結婚に君が期待していたことは、決して夢物語なんかじゃなかった。結婚していようといまいと、君はこれからも僕の人生でいちばん大切な人だ」

13

レベッカはどうにか転ばずに玄関までたどり着いた。足はまだ彼女を支えていた。ハンドバッグとサンダル以外の荷物は、置いていた場所から運び出されていた。執事のフランクが車に積んでくれたに違いない。

あふれる涙をぬぐいながら、レベッカはサンダルをはいた。これじゃなくて、ショートブーツを選べばよかった。足が冷えないように、搭乗前にスーツケースから出しておかなくては。足が冷えるのはいやだから。

屋敷を出る前にはハンドバッグからサングラスを取り出してかけた。外に足を進めたレベッカは、サングラスを忘れずにいてよかったと思った。夜明けから日差しは厳しかったが、今や太陽は周囲を焼きつくさんばかりに照りつけ、敷地は金色に染まっていた。

車にたどり着くまで足を交互に前へ出すことに集中しすぎていたせいで、オートロック式の門の向こう側で何十台ものカメラのフラッシュが光っているのにも、大きな叫び声にも気づかなかった。

運転手が降りてきて後部座席のドアを開ける。中に乗って、レベッカはシートベルトをつけた。

車はゆっくりと前進し、しばらくすると門を通り過ぎた。カメラのレンズが窓に押しつけられ、フラッシュがたかれたが、スモークガラスのおかげでまぶしくはなかった。

彼女は奥歯を嚙《か》みしめ、前だけを見つづけた。

カメラが離れると、車の速度は増し、レベッカはついに家路についた。

車のドアに頬を押しつけ、目を閉じた。サングラスの下から涙がこぼれる。手でぬぐっても涙は流れつづけ、ついにレベッカはサングラスを取って座席に置いた。

エンツォから遠ざかれば遠ざかるほど、心の痛みはひどくなっていった。

空港の標識が見えた。エンツォはどの航空会社の便を予約してくれたのかしら？　彼のことだからいちばんいい航空会社に決まっている。きっと私は最高の空の旅ができるはずだ。

本来なら五時間後、二人はエンツォのプライベートジェットでモーリシャスへハネムーンに行く予定だった。彼がその場所を選んだのは、まだ訪れたことのない地上の楽園だったからだ。〝二人で初めての経験をしたい〟とエンツォは言い、レベッカは彼と一緒ならどこでも喜んで行くつもりだった。

レベッカは額に拳を押しあて、エンツォを頭から追い出そうと懸命に努力した。

前にハネムーン用に荷造りしておいたスーツケースはどうなったのかしら？　フランクが運んだなら、車に積んであるのでは……。

つまり、この車のトランクにあるのかしら？　空港に着いたら、運転手がスーツケースも降ろしてくれるの？

そんなことを考えたとたん、エンツォが寝室の入口に立ち、開いたスーツケースに山積みにされた大量の服を見て笑っている姿が脳裏に浮かんだ。

〝かわいい人《カーラ》、服なんて一枚も用意する必要はないよ〟彼は思わせぶりな口調で言い、レベッカの腰に両腕をまわした。〝ハネムーン中はベッドにしかいないんだから〟

心臓がくるったように打っていた。レベッカはできるだけ深く息を吸い、空港を示す新たな道路標識に目をやった。

私はなぜ自分でイギリス行きの便を予約しなかったの？　フランクに予約してもらおうと思っていたから？

三つ目の空港の標識が見えてきた瞬間、胸にとてつもない激痛が走り、レベッカは体を折り曲げてうめいた。

やっとの思いで息をしつつ、わななく両手で胸をかかえる。膝と膝を合わせ、彼女は全身を震わせた。両親を亡くしたときも悲しくて死んでしまいそうだったけれど、この痛みは……。

これは違う種類の悲しみで、どう違うのかが衝撃的にひらめいた。私はエンツォから私自身を奪っているのだ。

その男性は私を勤務していた学校の春休みに日本へ連れていってくれ、髪についていた桜の花びらを息で吹き飛ばしてくれた。生理痛がひどくてソファでまるくなっていたら、隣で何時間も髪を撫《な》でてくれた。初めて屋敷のルーフテラスで日の出を見たときは、大地を揺るがすほどの笑顔を見せてくれた。それに私のために、父親の古くてぼろぼろだった年代物の車をこっそり新品同然にもしてくれた。

その瞬間、レベッカは気づいた。私はずっとイギリスへ帰る航空券を取ることを考えたくなかったのだ。なぜなら潜在意識では、頭の一部が心に従っていたから。イギリスはもう私の故郷じゃない。私の故郷はエンツォだった。

復讐《ふくしゅう》を計画したという点ではエンツォは母親に似ているのかもしれないが、少なくとも彼は自分の過ちを認めて正そうとした。そこは評価するべきだ。母親にひどい仕打ちをした憎い祖父と同じことをしていると、私こそ非難されてもしかたないのでは？　たとえどれだけ一人娘がいなくて寂しくても、祖父は関係を修復しようとはしなかった。祖父が娘に手を差し伸べなかったのはなぜだったのかしら？　プライドがじゃまをしたせい？　面倒だったから？　それともエンツォが言ったように、自分の過ちを認めたくなかったとか？　答えはわからないけれど、すべては遅すぎた。死んでしまった人とは二度と会えない。

　それが私の望みなの？　残りの人生を後悔とともに生きることが？　過去という悪魔に取りつかれながら年老いていくつもり？

　レベッカは苦労しつつシートベルトをはずし、運転席との間にある仕切り窓にぶつからんばかりに身を乗り出した。

「屋敷へ戻って！」そう叫んでから、インターコムの存在を思い出して手をボタンにたたきつける。

「私を戻して！　お願い、引き返してちょうだい！」

　運転手は英語を理解できないのではと考えた彼女は、適切なイタリア語を口にしようとしたけれど、思い出せたのは〝家に連れてって《ポルタミ・ア・カーサ》！〟という言葉だけだった。

　運転手はレベッカの声に切迫感を聞き取ったのだろう、急ブレーキをかけて車をとめた。数秒後には猛烈なクラクションが鳴る中でUターンし、今走ってきた道を逆方向に飛ばしはじめる。しかし車がどんなに速く走っても、レベッカにとってはじゅうぶんではなかった。

　オートロックの門が開くのを待つころには動揺が頂点に達していて、彼女は車のドアを開けて外へ飛び出した。あっけに取られているパパラッチや記者を肘でかき分けると、開きかけた門の小さな隙間を通り抜け、砂利が敷きつめられた私道を走って玄関に向かう。

　レベッカはドアを力いっぱい押し開けて、中へ駆けこんだ。「エンツォ！」返事がなかったので居間へ急いで行き、もう一度彼の名前を叫んだ。「エンツォ！」

部屋には誰もいなかった。しかし、フレンチドアが開いていた。

涙が滝のように流れる中、レベッカは部屋を走り、庭へ転がり出た。あちこちに目をやり、ありったけの空気を吸って、エンツォの名前を叫ぶ。「エンツォ！」

かなり遠い場所――プールとテニスコートの向こうに人影が現れた。

レベッカは躊躇《ちゅうちょ》しなかった。腕と脚を大きく動かし、今までに走ったことのない速さで駆け出す。心臓は酷使されて早鐘を打ち、涙は視界を曇らせつづけた。彼女は彫像のような体をした人物に向かって突進し、なにも考えずにしがみついた。

エンツォがたくましい男性でなかったら、二人とも倒れこんでいただろう。しかし、彼はレベッカをしっかりとつかまえていた。彼女が両腕をエンツォの首に、両脚を腰にまわすと、力強い手で支えてくれた。ひたすらすすり泣いていたレベッカは、自分が座らされるまでエッグチェアへ運ばれていたことに気づかなかった。

エンツォの膝の上で両脚を広げて座りながら腕を離し、彼の首筋に顔をうずめるのをやめて充血した目を見つめる。

「僕が飲みすぎているのか、それとも本当に君なのかどっちだ？」エンツォが震える声でつぶやいた。

「ごめんなさい」レベッカはささやいた。「本当にごめんなさい」

唇を引き結び、目にうっすらと涙を浮かべて彼が首を横に振った。「謝らないでくれ。君は戻ってきてくれた。それだけでじゅうぶんだ」

彼女はエンツォの手を両手でつかみ、自分の胸に押しあてた。ちょうど心臓が打っている場所に。

「あなたを愛してる」

彼の胸が盛りあがった。喉が上下し、唾をのみこむ。「僕も君を愛している。誰よりも」

「わかってるわ」

エンツォが目を細くした。「そうなのか？」

片方の手でエンツォの手を胸にあてたまま、レベッカはもう一方の手で彼の頬を撫でた。いつもはなめらかなのに、今そこには太く濃い無精ひげが生えていた。

「あなたはいろいろな方法で愛を証明してくれたわ……」今朝、食器棚で見つけたティーバッグを思い出して、レベッカは喉をつまらせた。一つ一つはささやかだったかもしれない。でも、それらにはなによりも大きな意味があった。「あなたがしたことは……言わなくてもわかっているでしょうけど」

憔悴《しょうすい》しきった顔がゆがんだ。「あれは道にはずれた行いだった」

レベッカはエンツォの手を握りしめた。「そうね。この五カ月間、大きな嘘《うそ》をついてきたあなたを責めたいけど、そうするのはフェアじゃない。私にも責任の一端はあるもの」

エンツォが激しく首を振った。「どれも君は悪くない。なに一つ。全部僕が悪いんだ」

「そんなにうぬぼれないで」

驚きで彼の頭が後ろに傾いた。

体が動かなくなるほどの痛みがみるみるうちにおさまり、呼吸ができるようになった。レベッカはほほえんで、エンツォの無精ひげを手の甲で撫でた。「私たち二人とも怖かったのよ、エンツォ。あなたの愛を疑ったのは、私が不安だったせいだと言ったあなたは正しかった。私は最初から疑っていたの。不安だったのと、あなたが完璧すぎたせいでね。印象的で、魅力的で、気前がいいお金持ちなのに、私を追いかけるなんてありえないもの。あなたくらい完璧なら、全能神ゼウスもオリンポス山に迎え入れたがるんじゃないかしら」

エンツォが額にしわを寄せて笑い声をあげた。

「ギリシア神話の神々がなにをしたか、君は読んだことがないのか？」

レベッカはくすくす笑った。たしかにゼウスはとんでもない浮気者だけれど、笑うのは気分がよかった。すばらしい気分だ。「そんなあなたの完璧さが私は怖かったの。期待に応えられると思えなくて」

「僕にとって君は完璧な人だよ」

彼女はエンツォの唇に指を押しあてた。「今は私に話させて。そのあと、私があなたにとってどれだけ完璧か聞かせてもらうから」

彼の頬にえくぼが現れ、レベッカの心臓は破裂しそうになった。そのえくぼをもう一度見たいと、どれほど願っていたか。

「あなたは私に、完璧でないと思われたくなかったから幼いころのことを隠していた。でも私が話を聞いて傷ついたのは、私があなたにすべてをさらけ出したつもりでいたせいだったの。わざとじゃないし、理由もわかっていなかったけど、私も隠しごとをしていた。あなたはそのことに気づいていたのね」

「君の両親のことかい？」

レベッカはうなずいた。「あなたが二人に会えていたらよかったのにと思うわ」

「僕も会いたかったよ」

彼女はエンツォの指をぎゅっと握った。「両親はあなたを大好きになったでしょうね。父なんてあなたの車のコレクションを見たら、きっと気絶したはずよ。あの二人はいつ見ても幸せそうだった。伯母夫婦や友人たちの両親の中にも、私の両親くらい仲のいいカップルはいなかったわ。すれ違うたびにお互いに触れたり、ラジオから流れてくる音楽に合わせて二人で踊ったりしていたものよ……」ため息をついた。「二人は私を愛してくれた。心から大切にしてくれていたわ。私たちはとても仲のいい家族だったけれど……」喉の奥からこみあげてきた不誠実な気持ちをのみこんでささやく。「でもときどき、二人が私も誘って一緒に踊ってくれたらと思うことがあったの」

エンツォがレベッカの髪を撫でた。「二人に君を仲間はずれにしているつもりはなかったんだろうな」

「そんなことをしているなんて気づいてもいなかったと思うわ。でも長い間自覚していなかったけれど、私の中にはずっと二番手だという思いがあったのよ。これがあなたに説明したかったことなの。でも二日前まで理解してもいなかった気持ちを、あなたに伝えることがどうしてもできなかった。無意識のうちに、そうしたらあなたの私を見る目が変わりそうで恐ろしかったんでしょうね。あなたはとても完璧な人だから、私が二番手に甘んじていることにも気づいて、自分にふさわしくない女だと切り捨てる日がくると思っていたの」

エンツォが怒ったように鼻孔をふくらませ、頭を何度も振った。「そんな日は永遠にこないよ」

「もし私があなたの小さいころや、お母さまが親とは言えない人だったということを知っていたら、あなたにも欠点はあるのがわかったと思うわ。でも、結婚するまでのあなたは人間離れしていた。容姿も性格も行いも、プロポーズだって完璧だったし、私があなたと愛し合いたいと懇願したときには超人並みの理性を働かせた。けれど、あなたにも欠点があってうれしいわ。あなたもほかの人と同じように怒りを感じたり、理屈に合わない愚かな考えを持ったりするのね。それになにより、あなたが私のものなのがうれしい」

エンツォがレベッカの手を取って自分の頬を包み、顔を近づけた。「僕はいつまでも君のものだよ、レベッカ。永遠にね」

「わかってるわ」彼女はささやいた。「私も永遠にあなたのものよ」

唇が重なり、レベッカは信じられない気持ちで頭がくらくらした。

「私と結婚してくれる？」彼女はきいた。

エンツォが体を離し、レベッカの目を熱いまなざしで見つめた。手は彼女の髪に差し入れていた。

「本気なのか？」

「これほど本気だったことはないわ。できるだけ早く結婚しましょう。二人きりで」

レベッカと同じ信じられないという気持ちが、エンツォの目に輝きとして現れた。そしてえくぼが頬に浮かび、ふたたび飢えたようなキスが始まった。

日がかなり暮れてから、二人は屋敷に戻った。

エピローグ

「エンツォ・アレッサンドロ・ベレーシ、汝《なんじ》はレベッカ・エミリー・フォーリーを妻としますか？今日この日から、いいときも悪いときも、富めるときも貧しいときも、病めるときもすこやかなるときも、死が二人を分かつまで妻を愛しつづけると誓いますか？」

エンツォの澄んだブラウンの瞳は、レベッカの顔から離れなかった。「はい、誓います」

新郎新婦はきつく手を握り合った。

「ではレベッカ・エミリー・フォーリー、汝はエンツォ・アレッサンドロ・ベレーシを夫としますか？今日この日から、いいときも悪いときも、富めるときも貧しいときも、病めるときもすこやかなるときも、死が二人を分かつまで夫を愛しつづけると誓い――」

興奮しすぎていたレベッカはイタリア語を聞き取れなくなり、司祭が言いおわる前に誓いの言葉を口走った。「はい、誓います！」

司祭から笑い声があがった。もしこの光景を見ている人々がいたら、彼らも笑っていたに違いない。しかし二人の結婚の証人として招待されたのは、レベッカの伯母夫婦と、エンツォの父方の祖父母の四人だけだった。ほかにいてほしい人は一人もいなかった。

エンツォとレベッカが結婚式をあげたトスカーナの小さな村にある小さなチャペルは、彼女が前にエンツォを置き去りにした有名な大聖堂とはあらゆる点で異なっていた。しかし、レベッカはその素朴さにうっとりしていた。エンツォと生涯をともにする誓いが立てられるなら、よけいなものはなにもいらなかった。お互いへの愛と献身を約束できればそれでよかった。

新郎新婦の衣装も最初の結婚式とは全然違い、華やかでも仰々しくもなかった。レベッカのウエディングドレスはゆったりしたボヘミアン風で、髪はゆるくまとめ、ブーケの花はひまわりだった。エンツォのウエディング用スーツもフォーマルではなかったが、いつも着ている服と同じくらいしゃれていて粋だった。

ゴールドの結婚指輪の重みを指に感じて、レベッカの胸は喜びではち切れそうになった。自分より太いエンツォの指に結婚指輪をすべらせたときは、彼の目に躍る表情を見て天にものぼる心地になった。

愛してる、と彼が唇だけを動かして言った。

幸せな気持ちを抑えきれず、レベッカはエンツォの首に腕をまわしてキスをした。さらなる笑い声が響く中、エンツォも熱烈なキスを返したので、彼女の足は地面から浮いた。

式が終わり、神の祝福を受けて法的に正式な夫婦となると、二人はチャペルを出た。そこには地元の善良な人々が集まっていた。遠くのほうでパパラッチが一人、二人のほうに向かって丘をのぼってくるのが見えた。エンツォがこの結婚式をできる限り内輪であげると決めたことを考えると、レベッカはそのパパラッチの仕事ぶりに感心した。

レベッカの強い要望で、二人は短い声明を発表していた。その中では花嫁が当初、結婚式で誓いを立てられなかったのは神経質になっていたせいで、なるべく早いうちに延期になった結婚式の日取りを人々に知らせるつもりだとされていた。エンツォをこれ以上の屈辱から救うためなら、彼女は千でも嘘《うそ》をつくつもりだった。それが十日前の話で、メディアは二人の一挙手一投足を追いかけては報道しつづけていた。それでも今、一人のパパラッチを除けば、二人は念願だったこぢんまりとした結婚式を人知れずあげられていた。

エンツォの首に腕をまわして、レベッカはパパラッチが一枚写真を撮るのを許した。それくらいの見返りはあってもいい気がした。

五年後

三歳のリリーは祖母の到着をいち早く察知した。レベッカが育った家とほぼ同じ広さの庭から転がるみたいに走り出し、芝生を横切って祖母の腕の中に飛びこむと叫んだ。「お祖母《ノンナ》ちゃん！」

仲のいい二人を見て、レベッカとエンツォはいつもの〝嘘だろう？〟という困惑した視線を交わした。そして、非の打ちどころのない化粧をしたシルヴァーナが孫娘に引きずられるようにして遊びに参加させられるのをうれしそうに見送った。レベッカとエンツォが結婚記念パーティの準備の監督をするので、シルヴァーナはリリーの世話をするために五時間も早くやってきたのだった。しかし、なぜ小さな子供と遊ぶのに体にぴったりした白いオートクチュールのドレスを着るのがいいと思ったのかは、シルヴァーナのみぞ知るだ。

　エンツォの母親と和解したのは、リリーが誕生した数日後だった。赤ん坊が生まれたことはうれしかったけれど、自分の両親は初孫に会えないと思うとレベッカは悲しくてせっかくの喜びも薄らいだ。娘に祖母が一人しかいないなら、シルヴァーナが孫と会えないのはとてつもなく残酷だ。リリーが生まれたからといって、エンツォは母親に対する態度を軟化させてはいなかった。それでも過去は水に流し、母親と行き来することに同意した。

　シルヴァーナはもちろん、誰も予想していなかったが、リリーは最初から祖母になつき、両親に抱っこされるとの同じくらい祖母に抱っこされるのを望んだ。しかも初めて笑いかけた瞬間、身勝手で自己愛が強い引退した宝石泥棒をたちまち虜《とりこ》にしてしまった。

　オートクチュールのドレスに身を包み、完璧に髪を整えたイタリア人女性が幼い子を追いかけて床を這《は》っている姿は、いつまでたっても見飽きることのない光景だった。エンツォがいまだにシルヴァーナを許せず、その仕打ちを忘れられずにいるのをレベッカは知っていたけれど、その彼でさえも、娘が母親に劇的な変化をもたらした事実は認めていた。

　リリーにはシルヴァーナがついていたし、働き者の使用人たちと雇われた控えめな態度のケータリング業者たちは、プールのある敷地内を魅惑的なおとぎばなしの世界へ着々と変えていた。そんな中、レベッカはエンツォとそそくさと寝室へ行って、穏やかに愛し合い、これ以上ない幸せなひとときを過ごした。

夫婦の誓いを立ててから五年がたったことが、レベッカは信じられなかった。この五年間は人生でもっとも幸せな年月だった。いつもは家族で祝っていたけれど、今年はついに秘密の結婚式のあと初めて盛大なパーティを開くことにしたのだった。

その日の夜、パーティは盛りあがり、リリーは祖母の膝の上でうとうとしていて、レベッカは計画を立ててよかったと思った。旧ギリシア王家の一人がいとこの一人を誘惑するのを見たときは笑いがとまらなかった。

「なにを笑っているんだい？」ベルベットを思わせる深みのある声が耳元でささやいた。

彼女は小首をかしげてにっこりした。けれど説明する前に、夫婦の大好きな曲が流れてきた。

エンツォがレベッカに手を差し出した。

夫の指に指をからめると、彼女は喜んで立ちあがった。妊娠中の大きなおなかでダンスフロアへ行き、一度も結婚を後悔させなかったエンツォの首に腕をまわす。

「愛してるわ」レベッカはつぶやき、爪先立ちになって夫の唇にキスをした。

「僕の愛する人《ミ・アモーレ》」エンツォがささやき返し、時がたつのも忘れるほどの喜びを彼女にもたらした。

視界の端では目を大きく見開いたリリーが親指を口にくわえ、切なそうに両親を見つめていた。

レベッカはエンツォの首から腕をほどいて、娘を手招きした。リリーはすぐにやってきた。祖母の膝から飛びおりるとダンスフロアに駆けてきて、両親と手をつなぐ。そしてリリーの小さな足が踊れなくなるまで、三人は一緒に踊った。

ハーレクイン®

花嫁は偽りの愛を捨てられない
2024年2月20日発行

著　　者　ミシェル・スマート
訳　　者　久保奈緒実（くぼ　なおみ）

発 行 人　鈴木幸辰
発 行 所　株式会社ハーパーコリンズ・ジャパン
東京都千代田区大手町 1-5-1
電話 03-6269-2883（営業）
0570-008091（読者サービス係）

印刷・製本　大日本印刷株式会社
東京都新宿区市谷加賀町 1-1-1

ISBN978-4-596-53385-2 C0297

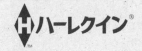

2月15日発売

ハーレクイン・シリーズ 3月5日刊

ハーレクイン・ロマンス

愛の激しさを知る

イタリア富豪と最後の蜜月 《純潔のシンデレラ》	ジュリア・ジェイムズ／上田なつき 訳	R-3853
愛されない花嫁の愛し子 《純潔のシンデレラ》	アニー・ウエスト／柚野木　菫 訳	R-3854
愛と気づくまで 《伝説の名作選》	ロビン・ドナルド／森島小百合 訳	R-3855
未熟な花嫁 《伝説の名作選》	リン・グレアム／茅野久枝 訳	R-3856

ハーレクイン・イマージュ

ピュアな思いに満たされる

偽りの薬指と小さな命	クリスティン・リマー／川合りりこ 訳	I-2793
パリがくれた最後の恋 《至福の名作選》	ルーシー・ゴードン／秋庭葉瑠 訳	I-2794

ハーレクイン・マスターピース

世界に愛された作家たち
～永久不滅の銘作コレクション～

裁きの日 《特選ペニー・ジョーダン》	ペニー・ジョーダン／小林町子 訳	MP-89

ハーレクイン・ヒストリカル・スペシャル

華やかなりし時代へ誘う

ハイランダーの花嫁の秘密	テリー・ブリズビン／深山ちひろ 訳	PHS-322
運命の逆転	ポーラ・マーシャル／横山あつ子 訳	PHS-323

ハーレクイン・プレゼンツ作家シリーズ別冊

魅惑のテーマが光る
極上セレクション

愛の使者のために	エマ・ダーシー／藤峰みちか 訳	PB-380

※予告なく発売日・刊行タイトルが変更になる場合がございます。ご了承ください。

今月のハーレクイン文庫

2月1日刊

珠玉の名作本棚

「甘い果実」
ペニー・ジョーダン

婚約者を亡くし、もう誰も愛さないと心に誓うサラ。だが転居先の隣人の大富豪ジョナスに激しく惹かれて純潔を捧げてしまい、怖くなって彼を避けるが、妊娠が判明する。

（初版：R-609）

「魔法が解けた朝に」
ジュリア・ジェイムズ

大富豪アレクシーズに連れられてギリシアへ来たキャリー。彼に花嫁候補を退けるための道具にされているとは知らない彼女は、言葉もわからず孤立。やがて妊娠して…。

（初版：R-2390）

「打ち明けられない恋心」
ベティ・ニールズ

看護師のセリーナは入院患者に求婚されオランダに渡ったあと、裏切られた。すると彼の従兄のオランダ人医師ヘイスに結婚を提案される。彼は私を愛していないのに。

（初版：I-2185）

「忘れられた愛の夜」
ルーシー・ゴードン

重い病の娘の手術費に困り、忘れえぬ一夜を共にした億万長者ジョーダンを訪ねたベロニカ。娘はあなたの子だと告げたが、非情にも彼は身に覚えがないと吐き捨て…。

（初版：I-2345）